U0928931

YUNNAN
GUDAI HANWENXUE
ZUOPINXUAN

云南古代汉文学作品选

彭新有 沙振坤 编著

云南大学出版社
Yunnan University Press

图书在版编目（C I P）数据

云南古代汉文学作品选 / 彭新有，沙振坤编著. --
昆明 : 云南大学出版社，2019
ISBN 978-7-5482-3753-2

Ⅰ. ①云… Ⅱ. ①彭… ②沙… Ⅲ. ①中国文学－古
典文学－作品综合集－云南 Ⅳ. ①I212.01

中国版本图书馆CIP数据核字(2019)第160135号

策划编辑：邓立木
责任编辑：孙小林
装帧设计：贺 涛

云南古代汉文学作品选

YUNNAN GUDAI HANWENXUE ZUOPINXUAN

彭新有　沙振坤　编著

出版发行：云南大学出版社
印　　装：昆明理煋印务有限公司
开　　本：787mm×1092mm 1/16
印　　张：8.5
字　　数：135千
版　　次：2019年8月第1版
印　　次：2019年8月第1次印刷
书　　号：ISBN 978-7-5482-3753-2
定　　价：30.00元

社　　址：昆明市一二一大街182号（云南大学东陆校区英华园内）
邮　　编：650091
电　　话：（0871）65031071 65033244
网　　址：http://www.ynup.com
E-mail：market@ynup.com

序

云南是一块古老而神奇的土地，它有着独特的地域特征、悠久的历史积淀和多彩的民族文化。云南古代汉文学作品是指在云南古代历史发展过程中，云南各族文士创作的汉语文学作品，以及域外作家创作的与云南相关的文学作品。它是中国古代文学的有机组成部分，有独特的云南特质，具有极为重要的意义与价值。

作为一级的行政区域名称，在不同的历史阶段，云南有诸多不同的称谓，“两汉为西南夷，魏晋为南中，南朝为宁州，唐为云南安抚司，延至元代为云南行省”（方国瑜），可以说，元朝后，云南作为一级行政区域名逐渐固定。同样，在不同的历史时期，云南的辖区范围也有所不同，《明史》载“云南，禹贡梁州徼外。元置云南等处行中书省……北至永宁，东至富州，西至干崖，南至木邦”，这与今日云南辖区范围已基本相近，可以说，明朝后，云南的辖区范围逐渐定型。一方水土养育一方人，从而也孕育出区域独特的文化。云南古代汉文学作为一种地域文学，它在云南这片古老的土地上孕育而生，天然带着云南特质，地域因素在云南古代汉文学的产生、发展、分布、传播过程中起着决定性的作用。云南的山水物产、民风习俗成为作家吟诵不绝的独特对象，但云南的高山大川也成为作家交流和诗文传播的天然障碍。云南文学作品有着自己鲜明的风格特色。

云南地处西南边陲，远离中原，历史上云南与内地的联系从未断绝，但是在某些时期，云南与内地的联系非常松散，中原王朝对云南的统治也是时断时续。《后汉书·南蛮西南夷列传》记载西南地区哀牢夷的生活是“绝域荒外，山川阻深，生人以来，未尝交通中国”，中原王朝对云南的统辖也变化靡常。汉初，朝廷对西南夷采取的政策就是“皆弃此国而开蜀故徼”，而元明清时期，中原王朝对云南主要还是实行羁縻之制。相对而言，中原地区的政治变化对云南的影响非常有限而缓慢，云南历史与内地的历史发展是不同步的，中原王朝历代更替，但对云南土官的影响却很小，比如丽江木氏统辖丽江地区历经22代470多年，跨越元明清三朝；德宏南甸宣抚司刀氏统辖南甸宣抚司地区历经29代500多年，从明朝延续到新中国成立。文学是社会历史发展的产物，云南古代汉文学在云南独特的历史进程中，也呈现出产生晚、发展慢、持续时间长等特点，因此，我们在选取作者及其作品时，以清末为节点。

更为重要的是，云南僻处边疆，各民族聚族而居，民族文化、民族语言是云南人的生存生活背景，与内地作者天然的汉文化文学创作背景完全不同。因此，简单地套用内地文学的书写方法来书写云南古代汉文学史是不可取的，直接地移用内地文学作品的评价标准来衡量云南古代汉文学作品的意义和价值也是不公平的。我们应该透过云南古代汉文学作品看到云南特质、云南精神和云南进步。同时，历史上，随着云南与内地关系的日趋紧密，流寓云南的许多文人贤士扎根云南沃土，深情创作，留下大量名篇佳作，这些作品具有深深的云南印记，成为云南宝贵的文化遗产。因此，我们在选录作品时，把部分流寓贤达的作品也录入书中。

相较而言，云南古代汉文学作品虽然称不上浩如烟海，但也可以说是不可胜计。许多有识之士为保护传承云南古代文学作品付出了很多艰辛，取得了丰硕成果。近代云南学者整理出版的《云南丛书》对明清以来云南著述文献进行梳理，当代学人编选出版的《云南历代诗词选》《云南历代文选》，对云南古代文学作品和论著进行了专业性的精选。本书当然不能也不敢与前辈时贤的皇皇巨著相提并论。只是要指出，本书参考了前辈时贤的许多成果，从中获得了许多便利。本书收录云南历代汉文学作品100余篇，目的是让人们关注云南古代汉文学，了解更多的云南古代汉文学知识。

因编者能力水平有限，书中选录作品未必精当，解说亦未必合理，错漏之处也在所难免，望读者批评指正。

编　者

2018年12月

目 录

渡兰沧歌

（汉）佚名

汉德广，开不宾。
渡博南，越兰津。
渡兰沧，为他人。

简说

《渡兰沧歌》选自《华阳国志》。该诗是汉代开辟蜀身毒道的劳工所传唱的歌谣，是云南历史上典籍所载的第一首完整的汉语诗歌，记录了劳工修筑博南古道路段的艰难历程，表达了工人们被迫劳作的无限愤懑之情。

僰道谣

（汉）佚名

犹溪、赤水，盘蛇七曲。
盘羊、乌栊，气与天通。

简说

《僰道谣》选自《华阳国志》。该诗是人们吟咏四川到云南昭通沿途景物的歌谣，诗中描绘了古代西南僰道的山水险要，体现了由川入滇的艰辛。

移金马碧鸡文

（汉）王褒

持节使者王褒谨拜南崖，敬移金精神马缥碧之鸡。处南之荒，深溪回谷。非土之乡，归来归来。汉德无疆，广乎唐虞。泽配三皇，黄龙见兮白虎仁。归来归来，可以为伦。归兮翔兮，何事南荒也？

简说

《移金马碧鸡文》选自《王谏议集》，作者是汉代著名的辞赋家王褒。该文为王褒奉命到益州祭祀金马碧鸡而创作的颂辞，为云南金马碧鸡传说较早之记录，文中记录了作者奉命移请祥瑞的情形，表达了对金马、碧鸡之神的敬拜之意。

白狼王歌

（汉）唐菆

一、远夷乐德歌

大汉是治，与天合意。吏译平端，不从我来。闻风向化，所见奇异。多赐缯布，甘美酒食。昌乐肉飞，屈申悉备。蛮夷贫薄，无所报嗣。愿主长寿，子孙昌炽。

二、远夷慕德歌

蛮夷所处，日入之部。慕义向化，归日出主。圣德深恩，与人富厚。冬多霜雪，夏多和雨。寒温时适，部人多有。涉危历险，不远万里。去俗归德，心归慈母。

三、远夷怀德歌

荒服之外，土地墝埆。食肉衣皮，不见盐谷。吏译传风，大汉安乐。携负归仁，触冒险狭。高山岐峻，缘崖蟠石。木薄发家，百宿到雒。父子同赐，怀抱匹帛。传告种人，长愿臣伏。

简说

《白狼王歌》选自《后汉书》，作者是东汉明帝时期带领西南各部落归顺汉王朝的白狼王唐菆。该诗为唐菆率部族归附汉王朝时而创作的诗歌，原以夷语写成，经田恭翻译成汉字。全诗分三章，记录了云南古代少数民族的生活状况和归顺汉朝的情形，表达了对汉朝的赞颂和归顺之意。

答雍闿檄文

（三国）吕凯

天降丧乱，奸雄乘衅，天下切齿，万国悲悼。臣妾大小，莫不思竭筋力，肝脑涂地，以除国难。伏惟将军，世受汉恩，以为当躬聚党众，率先启行，上以报国家，下不负先人，书功竹帛，遗名千载。何期臣仆吴越，背本就末乎？昔舜勤民事，陨于苍梧，书籍嘉之，流声无穷。崩于江浦，何足可悲！文武受命，成王乃平。先帝龙兴，海内望风，宰臣聪睿，自天降康。而将军不睹盛衰之纪，成败之符，譬如野火在原，蹈履河冰，火灭冰泮，将何所依附？曩者将军先君雍侯，造怨而封，窦融知兴，归志世祖，皆流名后叶，世歌其美。今诸葛丞相，英才挺出，深睹未萌，受遗托孤，翊赞季兴，与众无忌，录功忘瑕。将军若能翻然改图，易迹更步，古人不难追，鄙土何足宰哉！盖闻楚国不恭，齐桓是责；夫差僭号，晋人不长。况臣于非主，谁肯归之邪？窃惟古义，臣无越境之交，是以前后有来无往。重承告示，发愤忘食，故略陈所怀，惟将军察焉。

简说

《答雍闿檄文》选自《三国志》，作者为三国时期蜀国永昌郡五官掾功曹吕凯。223年，蜀国建宁太守雍闿反叛，投降吴国，吴国任他为永昌太守，永昌郡守吕凯闭境抗拒，雍闿写信招降吕凯，吕凯回信严词拒绝。本文即为吕凯回复雍闿的战斗檄文，文章深刻地揭露了雍闿的反叛行为，细致分析了当时的社会形势，表达了对雍闿的劝降之意。

爨宝子碑文

（晋）佚名

君讳宝子，字宝子，建宁同乐人也。君少禀瑰伟之质，长挺高邈之操。通旷清恪，发自天然。冰洁简静，道兼行苇。淳粹之德，戎晋归仁。九皋唱于名响，束帛集于闺庭。抽簪俟驾，朝野咏歌。州主簿、治中、别驾、举秀才、本郡太守，宁抚氓庶，物物得所。春秋廿三，寝疾丧官。莫不嗟痛，人百其躬。情恸发中，相与铭诔。休扬令终，永显勿剪。其词曰：

山岳吐精，海诞陼光。穆穆君侯，震响锵锵。弱冠称仁，咏歌朝乡。在阴嘉和，处渊流芳。宫宇数仞，循得其墙。馨随风烈，耀与云扬。鸿渐羽仪，龙腾凤翔。矫翮凌霄，将宾乎王。鸣鸾紫闼，濯缨沧浪。庶民子来，挚维同响。周遵绊马，曷能赦放。位才之绪，遂居本邦。志业方熙，道隆黄裳。当保南岳，不骞不崩。享年不永，一匮始倡。如何不吊，歼我贞良。回抱圣姿，影命不长。自非金石，荣枯有常。幽潜玄穹，携手颜张。至人无想，江湖相忘。于穆不已，肃雍显相。永惟平素，感恸忾慷。林宗没矣，令名遐彰。爰铭斯诔，庶存甘棠。呜呼哀哉。

简说

《爨宝子碑文》选自《新纂云南通志》，《爨宝子碑》俗称小爨碑，全名为《晋故振威将军建宁太守爨府君墓碑》，此碑刻于东晋义熙元年（405年）。该文为东晋时期云南建宁太守爨宝子墓碑文，文中简要叙述了爨宝子的生平功绩，颂扬了墓主崇高的德行和品质，是典型的碑文作品。此碑为全国首批重点文物保护单位，具有极高的文化价值和书法艺术价值。

石城山

（隋）史万岁

石城门峻谁开辟？更鼓误闻风落石。
界天自岭胜金汤，镇压西南天半壁。

简说

《石城山》选自《滇志》，作者为隋朝名将史万岁。该诗为作者奉隋文帝之命领兵南征，到滇蜀交界的石城山时写下的作品。诗中描绘了石城山险要易守的军事地理优势，表达了对西南地区独特地域风貌的赞美之情。

德化碑词

（唐）郑回

降祉自天，福流后胤。瑞应匪虚，祯祥必信。圣主分忧，遐夷声振。袭久传封，受符兼印。

兼琼秉节，贪荣构乱。开路安南，攻残西爨。竹倩见屠，官师溃散。赖我先王，怀柔伏叛。

祚不乏贤，先猷后继。郡守诡随，贬身遐裔。祸连虔陀，乱深竖嬖。殃咎匪他，途豕自殪。

仲通制节，不询长久。征兵海隅，顿营江口。矢心不纳，白刃相守，谋用不臧，逃师夜走。

汉不务德，而以力争。兴师命将，置府层城。三军往讨，一举而平。面缚群吏，驰献天庭。

李宓总戎，犹寻覆辙。水战陆攻，援孤粮绝。势屈谋穷，军残身灭。祭而葬之，情由故设。

赞普仁明，审知机变。汉德方衰，边城绝援。征我兵戎，攻彼郡县。越嶲有征，会同无战。

雄雄嫡嗣，高名英烈。惟孝惟忠，乃明乃哲。性惟温良，才称人杰。邛泸一挥，军郡双灭。

观兵寻传，举国来宾。巡幸东爨，怀德归仁。碧海效祉，金穴荐珍，人无常主，唯贤是亲。

士宇克开，烟尘载寝。毂击犁坑，辑熙群品。出入连城，光扬衣锦。业留万代之基，仓贮九年之廪。

明明赞普，扬干之光。赫赫我王，实赖之昌。化及有土，业著无疆。河带山砺，地久天长。

辩称世雄，才出人右。信及豚鱼，润深琼玖。德以建功，是谓不朽。石以刊铭，可长可久。

简说

《德化碑词》选自《滇志》，作者为南诏清平官郑回。《南诏德化碑》全文较长，共3000余字，此所录为文末碑词。碑文主要颂扬了阁罗凤的文治武功，并叙述了南诏、唐朝和吐蕃的关系，以及历次战争的缘由和经过，表明了叛唐的不得已和希望与唐和好的愿望。此碑为国务院第一批公布的重点文物保护单位，具有很高的历史价值与文学价值。

星回节

（唐）寻阁劝

避风善阐台，极目见藤越。
悲哉古与今，依然烟与月。
自我居震旦，翊卫类夔契。
伊昔经皇运，艰难仰忠烈。
不觉岁云暮，感极星回节。
元昶同一心，子孙堪贻厥。

简说

《星回节》选自《玉溪编事》，作者为唐代南诏国君寻阁劝。此诗中民族方言与汉语交织使用，反映了作者在星回节时触景生情的心情，抒发了时光易逝的感慨以及想效法先贤有所作为的志向。

途中诗

（唐）杨奇鲲

（首缺二句）
风里浪花吹更白，雨中山色洗还青。
海鸥聚处窗前见，林狖啼时枕上听。
此际自然无限趣，王程不敢暂留停。

简说

《途中诗》选自《唐诗纪事》，作者为唐代南诏著名诗人杨奇鲲。这是一首七言律诗，首联已失，诗中描写了诗人路途中所见景物，抒发了作者热爱自然、忠于职守的情感。

思　乡

（唐）段义宗

泸北行人绝，云南信未还。
庭前花不扫，门外柳谁攀。
坐久销银烛，愁多减玉颜。
悬心秋夜月，万里照关山。

简说

《思乡》选自《全唐诗》，作者为唐代南诏清平官段义宗。此诗表达了诗人漂泊在外，思念家乡，牵挂亲人的深沉情感。

哀蜀人为南蛮俘虏

（唐）雍陶

其一　初出成都闻哭声

但见城池还汉将，岂知佳丽属蛮兵。
锦江南渡遥闻哭，尽是离家别国声。

其二　入蛮界不许有悲泣之声

云南路出洱河西，毒草长青瘴色低。
渐近蛮城谁敢哭，一时收泪羡猿啼。

简说

《哀蜀人为南蛮俘虏》选自《全唐诗》，作者为唐代著名诗人雍陶。这组诗共五首，此选其中两首。诗歌记录了南诏侵袭蜀地的情形，抒发了被掳民众离乡背井的悲痛心情。

贾客谣

（唐）佚名

冬时欲归来，高黎共上雪。
秋夏欲归来，无那穹赕热。
春时欲归来，囊中络赂绝。

简说

《贾客谣》选自《蛮书》。该诗为描写唐朝时期内地商人到滇西地区经商的作品。诗中汉语夹杂着民族方言，描述了云南独特的地域气候特点，表达了商人漂泊异地、生活不易的哀伤情绪。

大 理

（宋）范成大

大理，南诏国也。本唐小夷，蒙舍诏在诸部最南，故号南诏。自皮逻阁并五诏为一，受册封云南王，至异牟寻封南诏王，至酋龙而称骠信，改元自称大礼国。今其与中国接，乃称大理国。与唐史礼、理字异，未详所始。大理地广人庶，器械精良，前志载之详矣。

邕州右江水与大理大盘水通，大盘在大理之威楚府，而特磨道又与其善阐府者相接。自邕州道诸蛮僚至大理，不过四五十程。产良马，可与横山通，北梗自杞，南梗特磨，久不得至，语在大理马条下。

乾道癸巳冬，忽有大理人李观音得、董六斤黑、张般若师等率以三字为名，凡二十三人至横山议市马，出一文书，字画略有法。大略所须《文选五臣注》、《五经广注》、《春秋后语》、《三史加注》、《都大本草广注》、《五藏论》、《大般若十六会序》及《初学记》、张孟《押韵》、《切韵》、《玉篇》、《集圣历》、《百家书》之类，及须浮量钢器并碗、琉璃碗壶及紫檀、沉香木、甘草、石决明、井泉石、密陀僧、香蛤、海蛤等药。称利正二年十二月。

其后云："古文有云：'察实者不留声，观行者不识词，知己之人，幸逢相谒，言音未同，情虑相契。'吾闻夫子云：'君子和而不同，小人同而不和'。今两国之人不期而会者，岂不习夫子之言哉？续继短章，伏乞斧伐。"短章有"言音未会意相和，远隔江山万里多"之语。其人皆有礼仪，擎诵佛书，碧纸字金银字相间。邕人得其《大悲经》，称为"坦绰赵般若宗祈禳目疾而书"。坦绰、酋望、清平官皆其官名也。邕守犒来者，厚以遣归。然南诏地极西南，当为西戎，尤迩蜀都，非桂帅所当镇抚。

简说

《大理》选自《桂海虞衡志》，作者是宋代著名文学家范成大，题目为编者所加。范成大曾在广西担任地方官，比较关注西南边境社会文化状况。该文记录了大理国与中原地区的互市与文化交流情况，具有十分重要的历史文化价值。

滇池赋

（元）王昇

晋宁之北，中庆之阳，一碧万顷，渺渺茫茫。控滇阳而蘸西山，瞰龟城而吞盘江。阴风澄兮不惊，玻璃莹兮空明。晴晖澹苍凉之景，渔翁作欸乃之声。蛟鼍载出而载没，鱼龙或变而或腾。岸芷兮馥馥，汀兰兮青青。粤穷其源，合众派而为潫；爰究其流，乃自西而之东。不假乎冯夷之力，不劳乎神禹之功；自混沌之肇判，经螳川而朝宗。电光之迅兮，不足以彷其急；雷声之轰兮，未足以拟其雄。此滇池气象之宏伟，难以言语而形容者也。

予归自于神州，寻旧庐与林丘；怀往日之壮游，泛孤艇于中流。薄雾兮乍敛，轻烟兮初收，晴光兮浴日，爽气兮横秋。川源渺兮莽苍，江山郁兮绸缪。鸿雁集于沙渚，凫鹭翔于汀州。睹景物之萧萧，纵一叶之悠悠。少焉，雪波兮凌空，霜涛兮叠重；当上下之天光，接灏气之鸿蒙。叹濯缨之靡暇，乃系缆于岩从；发长啸于云端，寄尘迹于硿礲。探华亭之幽趣，登太华之层峰；览黔南之胜概，指八景之陈踪。碧鸡峭拔而岌嶪，金马逶迤而玲珑；玉案峨峨而耸翠，商山隐隐而攒穹。五华钟造化之秀，三市当闾阎之冲；双塔挺擎天之势，一桥横贯日之虹。千艘蚁聚于云津，万船蜂屯于城垠，致川陆之百物，富昆明之众民。

迨我元之统治兮，极覆载而咸宾。矧云南之辽远兮，久沾被于皇恩。惟朝贡之是勤兮，犀象接迹而駪駪。如此池之趍海兮，亘昼夜之靡停。因而歌曰：万派朝宗兮海宇穹窿，神圣膺运兮车书大同。

简说

《滇池赋》选自《景泰云南图经志书》，作者为元代昆明文士王昇。文中描写了滇池鬼斧神工的雄伟气势，描述了人们游览滇池所见之壮丽景观，抒发了作者热爱家乡河山，歌颂国家一统之情。

碧鸡山

（元）郑衍

中庆西南来，有山势雄奕。屏开障大荒，壁立数千尺。
晴峦叠奇峰，幽壑藏怪石。清风响松涛，老树森矛戟。
俯瞰滇池水，仰矗云霄碧。山灵得异境，庙貌存古迹。
君侯本世家，奉诏平叛逆。兹承宠光行，山迎马首怿。
镇遏良有谋，烟瘴似冰释。从此边陲宁，殊勋书竹帛。

简说

《碧鸡山》选自《滇志》，作者为元代云南诗人郑衍。诗中描写了昆明碧鸡山的雄伟气势和奇特景致，由景及情，表达了作者对君侯建立功勋的赞颂之情。

满江红·至云南于役东西感成此阕

（元）赵顺

凭眺江山，勉抛谢，劳生行李。问往事，西番东爨，蠹残野史。望祭碧鸡人已去，来宾白马吾宁比。且经营，草昧彩云乡，存宗祀。

汉丞相，崇祠峙，唐节度，丰碑圯。胜奥区幽宅，拓开田里。铜鼓渊渊良夜月，金沙浩浩朝宗水。看深潭，黝黑蛰龙蟠，乘雷起。

简说

《满江红·至云南于役东西感成此阕》选自《滇词丛录》，作者为元代云南副都元帅府副使赵顺。该词描写了作者抵达云南后的所见、所思、所感，其中既有对个人奔波劳苦的哀叹，也有对历史兴废的感慨，还有对云南文化的喜爱。

筇竹寺

（元）郭松年

南来作使驻征鞍，风景还惊入画看。
梵宇云埋筇竹老，滇池霜浸碧鸡寒。
兵威此日虽同轨，文德他年见舞干。
北望乌台犹万里，几回挥泪惜凋残。

简说

《筇竹寺》选自《滇志》，作者为元至元年间任云南西台御史的郭松年。该诗叙述了诗人游赏昆明筇竹寺时的惊喜心情，并由此引发对建寺传说的丰富联想，抒发了对山河一统、宦游艰难的感慨。

大理行记

（元）郭松年

中庆距大理城西，顾有千里。历府治一，曰威楚；州四，曰安宁、镇南、云南、赵州；县三，禄品、安边、白崖，皆三府支属。镇南而西有雌岭，即大理之境。

出行七十里有甸焉，川原坦夷，山势回合，周二百余里，乃云南州也。州西北十余里山麓间，有石如镜，光可鉴面，故旧名镜州。张氏进求时，州北龙兴和山，忽五色云起，萧索轮囷，终日不散，人以为祥。州居云之南，因改今名。

又西行三十余里，至品甸。按唐史，尝置波州，亦名清子川。其川泽土壤不减云南，而民种莳为不及尔。甸中有池，名曰青湖，灌溉之利达于云南之野。湖西官道中有石焉，纹如古篆，号曰地符，行人谨避，莫敢践之。

又山行三十里至白崖甸，其地形南北袤，大小略与云南、品甸相埒。居民凑集，禾麻蔽野，县西石崖斩绝，其色如雪，故曰白崖。赤水江回环曲折，经于其中。甸西南有古庙，中有铁柱，高七尺五寸，径二尺八寸，乃昔时蒙氏第十一主景庄王所造，题曰“建极十三年壬辰四月庚子朔十有四日癸丑”铸。土人岁岁贴金其上，号天尊柱，四时享祀，有祷必应。或以为武侯所立，非也。

又山行四十里至赵州甸，即赵睑也。山形四周回抱，有藏风蔽气之势。川泽平旷，故家乔木犹有存者。神庄江贯于其中，溉田千顷，以故百姓富庶，少旱虐之灾。出州治十五里，路转峰回，茂林修竹，蔚然深秀，中而建峰神庙在焉。凡水旱疾疫，祈请有征，州人赖之。州之北，行约数百步，地极明秀，蒙昭成王保和九年，有高将军者即其地建遍知寺。其殿像壁绘于今罕见，意非汉匠名笔，不能造也。出寺门，东北行一里余，有高原，号澄城。其地空而不耕，乃世祖驻跸之所也。近岁州宷建一佛宇，遇旦望焚香祝祷，盖以报圣恩之万一焉。

川行三十里，至河尾桥，即洱水之下流也；架木为梁，长十五丈余，穹形饮水，睨而视之，如虹蜺然。顺流而下约一里许，有石门，巨石横楣，号石马桥，为群波争道之地，悬流奔注，云涛雪浪，声闻数里。河尾桥之西有关焉，北入大理，名龙尾关，即蒙氏之所筑也。此为州之大观，故记之。西厄苍山，东属洱水，其高壁危构，岿然犹存。

入关十五里，山壑浓秀，望之蔚然前陈者，乃点苍之奔冲也；诸峰罗列，前后参从，有城在其下，是曰太和，周十有余里。夷语以坡陀为和，和在城中，故谓之太和。昔蒙归义王皮罗阁自蒙舍徙河西，乃筑此城。后阁罗凤以张虔陀谗构，乃杀之，陷唐鲜于仲通兵。因自结之吐蕃，受钟王，刻石记功，明不得已而改号蒙国大诏，立德化碑，使蜀人郑回制文，其碑今在，即唐代宗大历元年也。

又北行十五里至大理，名阳苴咩城，亦名紫城，方围四五里，即蒙氏第五主神武王阁罗凤赞普钟十三年甲辰岁所筑，时唐代宗广德二年也。自后郑、赵、杨、段四氏皆都其中。是城也，西倚苍山之险，东挟洱水之厄，龙首关于邓川之南，龙尾关于赵睑之北；昔人用心，自以为金城汤池，可以传之万世。及天兵北来，一鼓而下，良可叹哉！此非在德不在险之明效大验欤？

故大理之民，数百年之间五姓守固。值唐末五季衰乱之世，尝与中国抗衡。宋兴，北有大敌，不暇远略，相与使传往来，通于中国。故其宫室、楼观、言语、书数，以至冠婚丧祭之礼，干戈战阵之法，虽不能尽善尽美，其规模、服色、动作、云为，略本于汉。自今观之，犹有故国之遗风焉。

若夫点苍之山，条冈南北，百有余里；峰峦岩岫，萦云戴雪，四时不消；上则高河、寞海，泉源喷涌，水镜澄澈，纤芥不容，佳木奇卉，垂光倒景，吹风嘘云，神龙所宅，岁旱祈祷，灵贶昭著；派为一十八溪，悬流飞瀑，泻于群峰之间，雷霆砰轰，烟霞晻霭，功利布散，皆可灌溉。洱水则源于浪穹，涉历三郡，渟滀紫城之东；北自河首，南尽河尾，波涛二关之间，周围百有余里；内则四洲、三岛、九皋之奇，浩荡汪洋，烟波无际。于以见江山之美，有足称者。

然而此邦之人，西去天竺为近，其俗多尚浮屠法，家无贫富皆有佛堂，人不以老壮，手不释数珠；一岁之间斋戒几半，绝不茹荤、饮酒，至斋毕乃已。沿山寺宇极多，不可殚记。中峰之下有庙焉，是为点苍山神，亦号中岳。中峰之北有崇圣寺，中有三塔，一大二小，大者高二百余尺，凡一十六级，样至精巧，即唐遣大匠恭韬、徽义所造。塔成，韬、义乃归。中峰之南有玉局寺，又西南有上山寺。凡诸寺宇皆有得道居之。得道者，非师僧之比也。师僧有妻子，然往往读儒书，段氏而上有国家者设科选士，皆出此辈。今则不尔。其得道者，戒行精严，日中一食，所诵经律一如中国；所居洒扫清洁，云烟静境，花木禅房，水虢虢循堂厨，至其处者，使人名利之心俱尽。

此大理之大观。南游则永昌、腾冲，北走则鹤庆、丽江。周行数千里，皆莫若此也。

简说

《大理行记》选自康熙《云南通志》，作者郭松年。该文为典型的游记散文，详细记录、描述了作者游历的大理各地的山川、地貌、物产、人文风俗等，表达了作者对大理的赞美之情。

初到滇池

（元）李京

嫩寒初褪雨初晴，人逐东风马足轻。
天际孤城烟外暗，云间双塔日边明。
未谙习俗人争笑，乍听侏离我亦惊。
珍重碧鸡山上月，相随万里更多情。

简说

《初到滇池》选自《云南志略》，作者为元大德年间云南乌撒乌蒙道宣慰副使李京。该诗叙述诗人初到云南时的所见、所闻、所感，看到云南奇美的景色，感受云南独特的风俗，倾听奇特的民族语言，这些体验给诗人带来了许多惊喜，也使诗人感到要倍加珍惜此次云南之旅，同时隐约又透露出诗人淡淡的乡愁。

自度曲

（元）高氏

风卷残云，九霄冉冉逐。龙池无偶，水云一片绿。寂寞依屏帏，春雨纷纷促。

蜀锦半开，鸳鸯独宿。好语我将军，只恐乐极生悲冤鬼哭。

简说

《自度曲》选自《滇词丛录》，又题为《玉娇枝》，作者为元代大理总管府总管段功的夫人。该词描写景物细致生动，意味深长，抒发情意率直细腻，真挚动人。

愁愤诗

（元）阿盖

吾家住在雁门深，一片闲云到滇海。
心悬明月照青天，青天不语今三载。
欲随明月到苍山，误我一生踏里彩。
吐噜吐噜段阿奴，施宗施秀同奴歹。
云片波粼不见人，押不卢花颜色改。
肉屏独坐细思量，西山铁立风潇洒。

简说

《愁愤诗》选自《滇载记》，作者为元朝末年云南梁王巴匝剌瓦尔密之女阿盖。全诗追溯了家族历史，回顾了自己的情感历程，抒发了对自己不幸命运的无限悲愤。

朝觐诗

（明）无极

锡杖飞来自点苍，心含葵赤向春阳。
叶榆置县初由汉，南诏封王却是唐。
世祖北来还宥段，天兵南下便除梁。
累朝未有今方有，万国来朝仰圣皇。

简说

《朝觐诗》选自《朝天集》，作者为元末明初云南僧司都纲大理感通寺主持无极。此诗为明朝初年作者率领弟子觐见开国皇帝朱元璋时的献诗，全诗简述了云南的重要史实，抒发了对新兴王朝和皇帝的赞颂之情。

进《法华经》诗

（明）无极

觐罢归楪十四春，天章焕处泽长存。
南荒万里输臣节，北极三呼望帝阍。
日捧霞光华盖殿，龙升云气奉天门。
驱驰白马驮经贡，西竺徒来慕至尊。

简说

《进〈法华经〉诗》选自《朝天集》，作者无极。此为无极遣门徒文熹等到南京觐见朱元璋，进献所著《法华经注解》时的附诗。诗中追溯了初次觐见皇帝时的情形，表达了自己忠于职守以及对皇帝知遇之恩的感激之情。

圆照寺

（明）沐昂

东风吹柳拂乌纱，一入祇园景最佳。
惟爱日长山寺静，小窗开遍杜鹃花。

简说

《圆照寺》选自《素轩集》，作者是明代开国功臣沐英之子沐昂。诗中描写作者游览圆照寺时看到的幽美景致，表达了对大自然的赞美，也体现了作者享受宁静闲适生活的高雅情趣。

卖雪词

（明）天祥

双龙关里百花香，银海逶迤抱点苍。
六月街头叫卖雪，行人坐认是琼浆。

简说

《卖雪词》选自《云南历代诗词选》，作者为明朝初年寓居云南的日本僧人天祥。此诗描写了大理的壮美风光，细致记录了当地六月卖雪的奇特民俗，蕴含着对大理自然风光、风土民俗的赞美之意。

端午日

（明）兰茂

榴花枝上潇潇雨，独立空山又重午。
薰风南来良可人，钩帘静对槐龙舞。
抚景何由伸雅怀，傍花聊把清樽开。
举觞未饮兀然醉，短歌长赋仍徘徊。
酒阑歌竟吊千古，鱼腹埋魂亦何苦？
富贵危机自古然，清醒浊醉皆尘土。
男儿特立天地间，才不见用何惭颜？
便当乐志老岩谷，功名未必胜清闲。

简说

《端午日》选自《兰茂诗词注释》，作者是明朝初年云南嵩明文士兰茂。该诗叙述诗人在端午节时独赏美好景致，追思爱国诗人屈原的情景，表现了诗人洁身自爱、淡泊功名的高洁情操。

行香子

（明）兰茂

春

红杏芳菲，庭草葳蕤。满乾坤，生意熙熙，山明水秀，鱼跃鸢飞。更雨轻轻，风淡淡，日迟迟。　我老无为，对景忘机。笑欣欣童冠相随，酒瓢诗卷，到处提携。向鸟声中，花影下，夕阳晖。

夏

雨霁梅黄，华日舒长。白莲开，嫩绿池塘，婆娑影散，檐葡吹香。更有薰风，无热恼，自清凉。　濯足沧浪，静坐禅床。任蜂衙蚁阵奔忙，身心不动，物我相忘。看水连天，云出岫，月流光。

秋

识破浮沤，总是蜃楼。放闲身，物外悠游，黄花淡影，竹简清讴。尽任天然，收累遣，把心修。　月淡云收，雨过泉流。更风蝉老树吟秋，自然潇洒，无限清幽。胜访蓬莱，寻阆苑，觅瀛洲。

冬

山碧藏云，水落无痕。岁将阑，万物归根，蓬窗雪霁，纸帐春温。好

看梅花，习静坐，掩柴门。　　养气调神，寡欲离嗔。乐陶陶清世闲人，壶中日月，静里乾坤。胜广参禅，勤问道，远寻真。

简说

《行香子》选自《兰茂诗词注释》，作者兰茂。整组词融景物于情思，生动地描写了四季景物，表现了词人对大自然的热爱和对逍遥生活的追求。

玄壶诗·第二十九

（明）兰茂

君子孤松独立，小人藤蔓相扶。
若宜助之多寡，如何辨得贤愚。
曲高和寡，岂云失道？

简说

《玄壶诗·第二十九》选自《兰茂诗词注释》，作者兰茂。玄壶诗的体式是兰茂的独创，作者将其深邃的思想融入六言诗创作中，又用两句四言诗精练地点明诗歌主旨。

高黎贡山

（明）侯琎

高黎贡山花正红，千岫万岫烟云中。
险道岧峣锁眉黛，绝巘突兀摩穹窿。
莺声鹊声满丹峤，远色近色皆苍松。
记取此景付彤管，豪吟野眺生春风。

简说

《高黎贡山》选自《滇志》，作者为明朝兵部侍郎侯琎。此诗描写了诗人经过滇西高黎贡山时，为所见的壮观奇景所震撼，表现了诗人的惊喜与豪迈之情。

鹦　鹉

（明）汤琮

翠阁香闺带绿阴，忽闻灵舌啭娇音。
总将怀袖温存意，不称云林自在心。
笼络反因毛羽误，矜夸休羡赋辞深。
陇山烟雨春雏小，莫遣虞罗着意寻。

简说

《鹦鹉》选自《滇南诗略》，作者为明代永昌（今云南保山市）文士汤琮，人称“汤鹦鹉”。该诗描写了诗人听到鹦鹉啼鸣而引发的联想，表达了诗人向往自由、爱护生灵的情感。全诗借物喻人，语言婉转自然，意味深长。

观音寺玉泉

（明）郭文

不作人间九夏霖，一泓高泻此岩阴。
清锵环珮风生谷，冷浸玻璃月在林。
流尽废兴千古事，洗空势利一生心。
出山便入红尘去，好缓须臾伴醉吟。

简说

《观音寺玉泉》选自《滇志》，作者为明代昆明文士郭文。全诗描述诗人游览观音寺玉泉时的所见所感，飞流而下的瀑布，水花四溅，响声悦耳，引发了诗人的怀古幽情，流露出诗人超越世俗、淡定自如的心境。

将至凉州

（明）杨一清

雉堞连云十里城，将臣开府此屯兵。
山连虎阵千年固，地接龙沙一掌平。
塞上马嘶春草绿，村中人和凯歌声。
只因边徼无烽火，忘却关山是远行。

简说

《将至凉州》选自《石淙诗抄》，作者是明代云南安宁人杨一清。该诗描绘了边地凉州虎踞龙盘的壮阔气势，描写了当地人欢马嘶、安宁祥和的景象，表现了诗人巡视边防时的愉悦心情。

拱华楼

（明）杨一清

蝗水潺，不断流，白云芳草带斜舟。
坐来山色无余地，占尽风光是此楼。
鸡岭夕阳高树合，石桥新雨落花稠。
也知看竹须乘兴，不用东君扫榻留。

简说

《拱华楼》选自《石淙诗抄》。作者杨一清。该诗描绘诗人登临故乡螳螂江边拱华楼时所见的美景，表达了诗人对故园风物的喜爱与留恋之情。

题升庵悠然亭

（明）杨士云

闻道西来金马客，卜居正对碧鸡山。
玉堂旧梦莺花里，白鹤遗踪紫翠间。
流水卷帘心共远，片云欹枕意俱闲。
陶情不作离骚赋，指日君王定赐还。

简说

《题升庵悠然亭》选自《杨弘山先生存稿》，作者是明代大理喜洲文士杨士云。诗题中的升庵即明代文学家杨慎，此诗描绘了杨慎卜居滇池之滨，享受良辰美景的悠闲生活，表达了对杨慎的宽慰之情。

送友人陈文英

（明）杨士云

玉石丹台已有名，古人何处听吹笙。
三秋日暮孤云白，万里晴空一雁横。
芳草梦回山月晓，桂花香逐野风清。
不堪别后频翘首，几度黄昏坐月明。

简说

《送友人陈文英》选自《杨弘山先生存稿》，作者杨士云。该诗从与友人送别的情景联想到离别后对友人的思念，表现了作者对陈文英的情深义重。

明诗台夜坐

（明）张含

西楼麓雁惊，南邻双杵鸣。
皎皎一亭月，中宵抱灵明。

简说

《明诗台夜坐》选自《张愈光诗文选》，作者是明代永昌（今云南保山）文士张含。全诗描写诗人静夜独坐明诗台时的所见所思，描绘了一种清幽灵动的意境。

宝石谣

（明）张含

成化年间宝石重，私家暗买官家用。
祗在京师给帑银，不牵南夷作琛贡。
林宝石家海内闻，雄商大贾集如云。
敕谕林家避科道，恐有弹章皂囊到。
自从嘉靖丁亥岁，采买官临永昌卫。
朝廷公道给官银，地方多事民憔悴。
民憔悴，付奈何，驿路官亭豺虎多。
钦取旗开山岳摇，鬻男贩妇民悲号。
到今一十四回内，涕泪无声肝胆碎。
成化年，嘉靖年，天皇明圣三皇肩。
独怜绝域边民苦，满眼逃亡屋倒悬。
屋倒悬，不足惜，只为饥寒多盗贼。
山川城郭尽荒凉，纷纷象马窥封疆。
窥封疆，撼边域，经年日月无颜色。
杞人忧天天不倾，浊醪大醉明诗亭。

简说

《宝石谣》选自《张愈光诗文选》，作者张含。诗中记录了明代云南的重大社会问题——“石祸”。朝廷官府对宝石的搜刮，贪官污吏对宝石的垂涎，使得滇云百姓苦不堪言，国家边疆动荡不安。全诗表现了诗人对贪官污吏的痛恨，对国家稳定的担忧和对无辜百姓的同情。

万松堂记

（明）张含

雪山大夫以万松名堂，告说于禺山外史。外史曰：大夫奚松之贵也？曰：性贞而其体固，立身永年之道也。曰：大夫何万之取也？曰：植茂袤远，多不可知，故举盈数焉。曰：奚以名于堂也？曰：郡多山，山多松，环堂皆松，夫是以名。曰：有是哉！大夫之乐松，殆仁智者之乐山水也。夫君子思松之贞以笃志，则可以砥节励行焉；思松之固以树德，则可以居业修身焉。是故，膺烈峤森，咸君子之拟德而征祥也。

含与大夫游，知大夫性静而晏，体温而畅，虽翊辑藩徼而般怀幽薮，其殆所谓丘壑夔龙衣冠巢许者乎。古昔太守秩二千石，以乱世而专城万里外，构宇于万松之间，策举万卷，画开万图，则谓大夫为二千石可也，谓大夫为万石可也，谓大夫为万松君可也。况大夫乘精绎思，游神于紫书丹灶之囿，骋墨驰翰，穷妙于绿沉碧水之圃。或横槊赋诗，或雅歌投壶，或携妓东山，或开樽北海。独对长松，掀髯箕踞，静观乎物，穷探乎事，其乐松之乐，宁有既乎？

厥堂展矣，大矣，弘矣，美矣，君乎，松乎，松哉，堂哉，堂在雪山之下。丽之山，惟兹山势最遐，觌龙沿而气发昆仑，迩阆鸡足而冈瞰点苍。崛嵂崭峻，岿然独尊，连接霄汉，霁雪光天，四时不变。日夕有烟云赧霞，而光浮不掩，或时荧煌璀璨，陆离眩目，与平时殊状。猿鸣鹤唳，山谷传响，泠泠不绝。翠瀑天悬，秀壑霞举，所谓望之若飞幅练，信然矣。若夫夏则凝冰，冬则毒寒，百兽不能于岩而游，百禽不能于山而栖，百草不能于岭而生，则又山之殊，与滇会诸山迥绝者也。

木氏世守其地，咸克慎守，固封威，格杆得以永卫诸夏，有以也。乃国初圣祖以诚心报国字锡之，乃嘉靖圣天子以辑宁边境字锡之。于乎，木氏诚于报国，国家极以表忠伟，以夫古君臣之相与也。乃今大夫居是堂也，兹以报国于诚懋于忠罔弗滋，则世祚悠哉，百禄周哉，寿袠永哉，内外雍哉，训翼从哉，庆泽遐哉，则厥堂展矣大矣，弘矣美矣，历祀无穷而恒有光矣。若其规创轮奂，墙税黝垩朱绿雕峻之详，恶庸备纪，纪其大也。

传曰：渠堰所以制水，櫽栝所以制木，言君子检身之道也。又曰：毋云我贵，雕榱是遂；毋云我武，莫或予侮，言君子慎微之道也。乃含也于堂之说，颂诸初，规诸终，此亦古朋友表声振匡之道也。大夫恶庸听我于规，恶庸听我于颂，颂有规之道，规有颂之道，二道备而堂说尽矣，则厥堂裒然，嶟然，嵁然，扈然，而绎然恒有光矣。

简说

《万松堂记》选自《张愈光诗文选》，作者张含。该文是张含为丽江土司木公建造万松堂时所写的解说文，文中解释了万松堂的命名缘由，描写了万松堂读书之乐、景物之美及建筑者木氏之功勋，表达了对万松堂的赞美之情。

法界寺

（明）贾惟孝

法界峰顶水竹幽，芳春载酒昔曾游。
天开图画无穷境，壮观嵩明第一洲。

简说

《法界寺》选自《嵩明州志》，作者为明代嵩明地区著名隐逸诗人贾惟孝，与兰茂并称“杨林两隐君”。全诗描绘嵩明法界寺的壮美景致，对家园名胜给予了深情的赞美。

绝　句

（明）贾惟孝

山径东弯西曲，前溪柳绿桃红。
不为寻芳问酒，杖藜随分春风。

简说

《绝句》选自《杨林两隐君集》，作者贾惟孝。该诗为六言绝句，描写了诗人在烂漫的春光里，漫步于蜿蜒曲径所获得的闲适与妙赏。

戎旅赋

（明）杨慎

恭承恩谴兮，于役滇越。捐珮江皋兮，解绅云阙。三陟崔崔兮，九折齜齜。不日不月兮，遂届穷发。抚孤旅而悁胆兮，掩众困而怛心。怅圭籥之骎遄兮，逾四稔而迨今。父母孔远兮，懿亲离而北南。类连逵而分衢兮，似同波而殊浔。慈乌忻于共巢兮，恒鸟悲乎异林。彼纤羽之微族兮，亦命侣而踌跦。何生人之含灵兮，乃离群而弗如。咏《清人》之介驷兮，感放士之鸣鸩。姬公畏于熠耀兮，尼父喈夫蟪蛄。屈托乘于螭豹兮，庄寄径于鼪鼯。在圣哲而固然兮，揽古人而重歔。哀吾生之罹邮兮，背中土而播荒。粤戴盆而伏崵兮，望崦嵫之末光。神怳悢而蜚飏兮，形窝卷而伧囊。睇孙水之浩渺兮，瞻灵关之峻极。聆猩猩之夜啼兮，履狒狒之朝迹。寻终古之攸居兮，问祝融之昔宅。胥靡登而不惧兮，魑魅过而奚慄。堀堁飑扬兮，含沙影流。喟兹徂春兮，忽焉杪秋。月令殊于九州兮，瘴卉华而岁周。若有人兮好我，携旨酒兮思柔。采槟榔兮缀扶留，赠相离兮结忘忧。寒鹎鸡兮为脯，露江鱼兮为修。滇歌兮僰舞，白日逝兮玄景浮。独持觞而怀远兮，杂叹啸其向陬。遂还轸而休室兮，隐零雨乎寂夜。引簟枕而假寐兮，遥梦归乎亲舍。家人嘻以款语兮，闾里纷其来讶。众鸡鸣而惊余兮，晨光昒乎东射。怅梦欢而觉悲兮，泪承睫而交下。假灵氛以历占兮，援龟颂兮余谢。曰明庭其布德兮，子行归乎肆赦。

系曰：莫靡荒服，自中古兮；日月之表，烛不普兮。章亥步穷，禹罔睹兮；兰津开道，行商苦兮。碧鸡望祭，使者阻兮；余亦何为，恒此土兮。金跃不祥，顺勿忤兮；乐天知命，去何忤兮！

简说

《戎旅赋》选自《升庵文集》，作者是明代著名学者四川新都人杨慎。本文细致描述了作者谪戍滇云的全过程，其中表现了其感身世浮沉的悲凉、流落异乡的孤独，以及滇云人民对他的同情和关爱，内容丰富，情感真挚。

渔家傲·滇南月节词

（明）杨慎

正月滇南春色早，山茶树树齐开了，艳李夭桃都压倒，妆点好，园林处处红云岛。　彩架秋千骑巷笊，冰丝宝料星球小，误马随车天欲晓。灯月皎，碧鸡三唱星回卯。

二月滇南春嬿婉，美人来去春江暖，碧玉泉头无近远，香径软，游丝摇曳杨花转。　沽酒宝钗银钏满，寻芳争占新亭馆，枣下艳词歌纂纂，春日短，温柔乡里归来晚。

三月滇南游赏竞，牡丹芍药晨妆靓，太华华亭芳草径，花饾饤，罗天锦地歌声应。　陌上柳昏花未暝，青楼十里灯相映，絮妥尘香风已定，沉醉醒，提壶又唤明朝兴。

四月滇南春迤逦，盈盈楼上新妆洗，八节常如三月里，花似绮，钗头无日无花蕊。　杏子单衫鸦色髻，共倾浴佛金盆水，拜愿灵山催早起，争乞嗣，蛛丝先报钗梁喜。

五月滇南烟景别，清凉国里无烦热，双鹤桥边人卖雪，冰碗啜，调梅点蜜和琼屑。　十里湖光晴泛艓，江鱼海菜鸾刀切，船尾浪花风卷叶，凉意惬，游仙绕梦蓬莱阙。

六月滇南波漾渚，水云乡里无烦暑，东寺云生西寺雨，奇峰吐，水椿断处余霞补。　松炬荧荧宵作午，星回令节传今古，玉伞鸡坳初荐祖，荷芰浦，兰舟桂楫喧箫鼓。

七月滇南秋已透，碧鸡金马山新瘦，摆渡村西南坝口，船放溜，松花水发黄昏后。　七夕人家衣暴袖，巧云新月佳期又，院院烧灯如白昼，风弄袖，刺桐花底仙裙皱。

八月滇南秋可爱，红芳碧树花仍在，园圃全无摇落态，春莫赛，玫瑰绿缕金针缬。　　屈指中秋餐沆瀣，遥岑远目天澄派，七宝合成银世界，添爽快，凉砧敲月胜竽籁。

九月滇南篱菊秀，银霜玉露香盈手，百种千名殊未有，摇落后，橙黄橘绿为三友。　　摘得金英来泛酒，西山爽气当窗牖，鬓插茱萸歌献寿，君醉否，水晶宫里过重九。

十月滇南栖暖屋，明窗巧钉迎东旭，咂鲁麻香春瓮熟，歌一曲，酥花乳线浮杯绿。　　蜀锦吴绫熏夜馥，洞房窈窕悬灯宿，扫雪烹茶人似玉，风动竹，霜天晓角肌生粟。

十一月滇南云护野，曹溪寺里梅开也，绿萼黄须香趁马，携翠斝，墙头沽酒桥头泻。　　江上明蟾初冻夜，渔蓑句好真堪画，青女素娥纷欲下，银霰洒，玉鳞皴遍鸳鸯瓦。

十二月滇南娱岁晏，家家玉饵雕盘荐，安息生香朱火焰，槟榔串，红潮醉颊樱桃绽。　　苔翠氍毹开夜宴，百夷枕灿文衾烂，醉写宜春情兴懒，妆阁畔，屠苏已识春风面。

简说

《渔家傲·滇南月节词》选自《升庵长短句》，作者杨慎。作者模仿宋代欧阳修所作《渔家傲·十二月节词》的形式。词作全面、细致地描述了云南独特的山水风物、地理物产、民风民俗，表现了作者对云南深沉的热爱与赞美之情。

安宁温泉

（明）杨慎

铿瑟舞雩歌点也，流觞修禊记羲之。
何如碧玉温泉水，绝胜华清礜石池。
已挹金膏分沆瀣，更邀明月濯涟漪。
沉沉兰酌春相引，泛泛杨舟晚更移。

简说

《安宁温泉》选自《杨升庵诗文集》，作者杨慎。诗人深情地赞美了安宁温泉的奇特魅力，表现了诗人对安宁温泉的喜爱之情。

恶氛行

（明）杨慎

金碧山前恶氛起，虏马来饮滇海水。城西放火银汉红，炎焰尘头高十里。两重日晕围白虹，万家仰首呼苍穹。相顾惨然无颜色，呜呼寄命须臾中。贼徒浑几个，枕戈临水卧。我军屯北门，分明不敢过。土酋胁盟来索官，城上无言骑堞看。父老仓忙双涕泗，细说去冬寻甸事。弦急柱促柄倒持，首祸今朝竟何自。堂堂之阵谁主兵，喁喁公等皆儒生。贼来不肯令出哨，贼去但解抬空营。岂无雄武士，奋身思一决。咫尺辕门不肯前，怒发冲冠气填咽。况闻千金逐日费，连月公储已倾竭。土兵抄掠尽村园，升天无梯地无穴。熙皞闾阎逾百年，太平官府真神仙。紫薇迢迢华盖远，虚将敲扑威穷边。边隅一旦纷解瓦，喑呜变作擎拳者，喑呜擎拳两奈何！君不见建武年中任校尉，又不见开元年中张乾陀？

简说

《恶氛行》选自《升庵南中集》，作者杨慎。诗中生动描写了嘉靖六年（1527年）云南土酋安铨、凤朝文等发动叛乱时，官府惊慌失措，官僚仓皇逃避，百姓惨遭战祸的情形，表达了诗人对无辜百姓的同情和对无能官府的愤恨。

病中永诀李唐张三公

（明）杨慎

魑魅御客八千里，羲皇上人四十年。
怨诽不学离骚侣，正葩仍为风雅仙。
知我罪我春秋笔，今吾故吾逍遥篇。
中溪半谷池南叟，此意非君谁与传。

简说

《病中永诀李唐张三公》选自《七十行戍稿》，作者杨慎。此诗是嘉靖三十八年（1559年），杨慎临终前写给故人的诀别诗，诗文概括描写了自己被贬戍滇云时期的生活状态，表达了对李元阳、唐錡、张含三位人生知己的留恋与期望。

游观音寺时用修欲返安宁

（明）王廷表

太平风物在南州，鹤舞春郊与客游。
气象欲干青缕笔，逍遥还听白云讴。
三乘古刹鸣仙鹤，四照晴花绕石楼。
佳境正当频结社，明朝何处更凝眸。

简说

《游观音寺时用修欲返安宁》选自《桃川剩集》，作者是明代阿迷（今红河开远）文士王廷表。该诗叙述了诗人与好友杨慎畅游山川名胜的情形，表达了朋友即将离别时的依依不舍之情。

盘龙寺忆孙松山中丞

（明）唐錡

郁郁松千树，何年却向东。
翠森禅瓦碧，晴映佛灯红。
泉响蛟龙窟，霜寒鹳鹤宫。
客怀兼酒兴，万里正无穷。

简说

《盘龙寺忆孙松山中丞》选自《云南历代诗词选》，作者是明代晋宁文士唐錡。该诗描写作者游览家乡晋宁盘龙寺所见美景时，不觉想起万里之外的友人，表达了诗人对友人的思念之情。

题雪山

（明）木公

北郡无双岳，南滇第一峰。
四时光皎洁，万古势茏葱。
绝顶星河转，危巅日月通。
寒威千里望，玉立雪山崇。

简说

《题雪山》选自《木公诗选》，作者为明代丽江土知府木公。该诗描绘玉龙雪山的纯洁、高峻与寒冷，表现了诗人对玉龙雪山的热爱与赞美之情。

述 怀

（明）木公

丽江西迩西戎地，四郡齐民一姓和。
权镇铁桥垂法远，兵威铜柱赐恩多。
胸中恒运平蛮策，阃外长开捍虏戈。
忧国不忘驽马志，赤心千古壮山河。

简说

《述怀》选自《木公诗选》，作者木公。该诗概括了丽江的地理概况与民族特点，叙述了朝廷对丽江的重视，表现了诗人维护祖国统一，忠心为国的英雄情怀。

默游园记

（明）李元阳

吾李氏，世居苍洱之间，城中文化坊石马井巷乃居第也。

阳以嘉靖五年丙戌叨一第，改翰林庶吉士。戊子，丁内艰，回里。邻人以隙地来售，辟以为园。自庆祖祢，积德荫我后人，得有今日。他时退老，无择邻之劳，受园居之安，何其幸也！

既而为县令，为郎署，为御史，为郡守。比归，则园中竹树花卉，蓊郁蕃茂，芳香艳丽，十倍于初。心满意足，更无他愿。如鸟归巢，不知林深；如蛙得坎，不知海阔。

少日，家传内典千余轴，收贮不失；在闽中刻《十三经注疏》、杜氏《通典》及纂得群书三千余卷；在江南买得曹御史古琴一张；文待诏赠宋贡砚一枚；丽江木雪山送石鼎、石磬、西洋鹤二只。中溪叟既得息躬于家，凡所有内典、群集、琴鹤，与不才身，俱为园中物矣。子弟为增置楼、亭、轩、槛，曰“尚友”、曰“怀仙”、曰“绿阴”、曰“碧山”。分一栋而向背异标，出一迳而跬步殊号。短邱而藏曲折，缓屐而有跻攀。但求适意，不求广也。

苍山之石，白质黑章，石工凿取近而易得。此石即白宫傅池中之天竺石，李赞皇平泉庄之醒酒石也，彼得一为奇。吾园之中立而为帧，眠而为案，错置于流泉竹墅之间，无非此物。无牵挽载运之劳，坐致古人罕得之珍玩，又何幸也！

吾乡四时气候，暑止于温，寒止于凉，裘葛之用不甚役心。祖贻负郭田百亩，堪以卒岁。河东新畬称是，尽为营寺济贫之需。而家鲜俗弱，窭室默坐，百余日不出，不知天为之盖，地为之舆，世之有人，己之有身也。每至雨霁风清之旦，月明鹤唳之夕，命觞煮茗，度竹穿花，拂案陈古琴，稚子擎书，园僮洗砚，弹七弦，击清磬，吟弄之声悠扬。于碧光清霭之际，如游于人世外，不知身在城郭中也。

中溪叟性本迂拙，寡所从游，家无伎乐之奉，门隔市廛之声。寂寂闲园，惟闻鸟哢，遂题园曰“默游”，而系以诗曰：

手种园林满落霞，闲来钟磬听儿挝。
竹间笔砚誊诗草，楼上香炉供法华。
窗岫爽添三伏雪，阶泉寒绕四时花。
闻知天上夸兜率，孰与榆城处士家。

简说

《默游园记》选自《李元阳集（散文卷）》，作者是明代大理白族文化名人李元阳。该文细致地描述了自己购得土地、营建花园的经过及在花园中的闲适生活，表现了作者超尘脱俗的高雅情志和对生活的深沉热爱。

兴教寺海棠

（明）李元阳

国色名花委路旁，今年花比去年芳。
莫言空谷知音绝，也有题诗玉署郎。

简说

《兴教寺海棠》选自《李元阳集（诗词卷）》，作者李元阳。该诗是嘉靖九年（1530 年），诗人陪同杨慎游览大理沙溪兴教寺时所创作的唱和诗，诗中以花设喻，写海棠虽委身逆境，却年年芬芳，劝慰朋友好自珍重，达观以待。

龙光亭赋

（明）陈宗器

繄腾重镇，实维控诸夷而翰中夏。位界西南，天开图画，瀑布奇观，不在匡庐之下。众流萦合，名曰盈江，源蜿蜒于北浚，势澎湃而南行，溯飞湍之始逝，岂一苇之可航？宝峰枕其左，凤麓接其右，双壁高擎，巨泓中溜，雷殷殷而常鸣，雨淋淋于晴昼，石矗矗以蟠空，木翳翳而冬秀。

观其喷薄之状，震撼之声，鲸翻浪骇，鹏击波惊，如万斛明珠之沉于海，如壮士挽天河以洗甲兵。何宓妃之好奇，帘以水晶；抑安期之有道，朝乎玉京。织女投机，斗星垂焰；鲛人剖珠，玻璃潋滟。烛龙衔耀而照千里，滕六降雪而横倾乎天堑。

繄自桑暾初上，山翠欲浮，耀尚远而未达，霭乍起而辄收。迨夫大明丽中，云净苍穹，日含水色，水浸日容，上下相荡，厥态莫穷，讶彤弓悬于碧落，疑长剑倚乎崆峒。既而晚风微，落霞散，寺钟鸣，渚归雁，月娥开镜，冯夷披练，梨花联桂影以婆娑，碎金淹圆璧而灿烂，相竞乎皎洁之姿，掩映于清虚之殿。当斯时也，渔歌欸乃，珠光隐现，河伯效灵，水璧芳荐，聊杖履以寻幽，还徒倚而堪羡。盖以下有静渊，龙居其中，或潜而泳，或跃而翀，导其箕宿，从以丰隆，嘘烟吸雾，荡彩凝虹，因物赋象，巧夺天工。

由是求源者喻，观澜者怡，或公余寄兴，或畅情赋诗，或歌沧浪以濯缨，或偕童冠以为期。在昔达人，树棠既芳，来游构亭，表以龙光，盖取灵物之迥异，而大观之非常也。

简说

《龙光亭赋》选自《民国腾冲县志稿》，作者是明代云南著名文士陈宗器，腾冲人。文章从龙光亭位置写起，细致描绘叠水河瀑布的壮丽景致和龙光亭的晨昏美景，点明龙光亭名称由来。该文写景状物生动形象，语言华美。

玉局寺

（明）董难

杜鹃枝上春可怜，杜鹃声里雨如烟。
萋萋满目芳草碧，杳杳一发青山悬。
忽悲陇麦客游次，却忆栋花风信前。
惆怅池塘绿阴树，警心一曲南薰弦。

简说

《玉局寺》选自《云南历代诗词选》，作者是明代嘉靖年间大理太和人董难。该诗描写了春天迷人的山水，抒发了春光易逝以及作者漂泊异地的忧伤之情。

沧江怀古

（明）马继龙

孤江铁索跨长虹，鸟道从天一线通。
树响龙来陵谷雨，山空猿啸石楼风。
百蛮南诏襟喉地，万木荒祠鼓角中。
象马年来归贡赋，土人犹说武侯功。

简说

《沧江怀古》选自《云南历代诗词选》，作者是明代永昌（今云南保山）文士马继龙。诗歌从澜沧江的奇异风光、险要地势联想到诸葛亮对南中地区的深远影响，表达了诗人维护祖国统一的高尚情怀。

洒露堂说

(明) 萧崇业

余奉命中山，入天使馆，堂故有扁，弗称。居无何，余集夷诸大夫、长史，问曰：“而学诗乎？唐人云‘海东万里洒扶桑’，此意在怀远，诚足风也。余欲堂以‘洒露’名，可乎？”诸大夫、长史请曰：“愿闻其指。”

余譬之曰：“夫雨露者，天泽之润者也。人君赞化以子民，何所不泽。以是知君与天也，其皆宰生物之机者乎？顾物有不同，而笃材因焉。大为豫章、女贞、庄椿、王桃，小为椒兰、桂艾、繁荂、弱卉之属，靡不渥雨露，欣欣向荣也。殆犹之四极八埏，凡绮疆穷里星罗棋布之邦，亦靡不承泽仰流，喁喁然日待命于君也。然各有幸不幸焉，物或不幸，或啮蠹枯槁，小之为好事者剥落其英，大之为斤斧斩刈于樵人匠师之手。又或产于阴崖幽谷之中，蔽曦曜而亡睹，于是天之泽有时乎穷。其幸而不啮蠹、不枯槁、有不为樵师好事者所伤，即虽产于阴崖幽谷之中而枝干扶疏，稍稍潜滋暗长，以窃窥夫曦曜，则天亦不为之靳。

今夫琉球僻居斥卤外，一旦延颈举踵，称臣受约束。我皇祖嘉其丹款，制以间一载贡，乃愈益虚而呕喻煦育之。惟恐其啮蠹枯槁而弗茂，是以大字小者也，命之曰‘培植之露’。然遵王道必由海，而海最险，万一长于水而不安于水，如鱼龙牙吻何？皇祖念之，辄徙闽人善操舟者数家，籍子孙与俱往来，令无若樵师好事之手所伤，是扶颠持危者也，命之曰‘长养之露’。习故朴以野，不知有声名文物久矣。乃‘世及’之请，朝廷代遣使臣，奉制诏冕服王之，其宠融烂焉。振于殊俗，则虽产于阴崖幽谷之中，而与近日月之末光者无异，是用夏变夷者也，命之曰‘覆冒之露’。夫琉球，蕞尔弹丸国耳，其才地无所比数。兹能奋擢留爽以自耀于熹明，小足以增华益艳，俾观者夺目而眩心，大足以被广陵，隐结驷，而一国耆老臣庶，往往获有所芘，而不至于不可以荫，莫非我列圣皇上湛湛湑湑之泽也。取‘洒露’以名堂，岂不宜哉？”

于是诸大夫、长史拜，稽首曰：“走也悉草鄙之人，第日濡圣化而不知耳。唯公绎其说而辱名之，其自王以下敢忘天子之大德。”

简说

《洒露堂说》选自《使琉球录》，作者为明代云南蒙自人萧崇业，萧崇业曾代表明王朝出使琉球（今台湾）。该文即为作者出使琉球时，为使馆命名而写的解说文。文章辞微旨远，正气凛然，立场鲜明，表现了作者忠君爱国，维护祖国一统的思想情感。

山茶花赋（并序）

（明）唐尧官

滇土繁花品，而山茶最奇，十月即放，盖中原所未有也，然鲜播之咏歌者。余观往籍，陈思有《芙蓉赋》，钟会有《菊花赋》，张协有《石榴赋》，虞繁有《蜀葵赋》，宋璟有《梅花赋》，古今艳焉。余效之，作赋一首，虽极意敷扬，殊未尽体物耳。

惟玄冥之启候兮，岁将暮而凝寒。严风栗冽以振野兮，霜霰集而蒙漫。草木摇落而变衰兮，讶萧瑟于林端。梅欲绽而须时兮，菊东篱之既残。洵穷津之黯淡兮，惨游屐而鲜欢。

爰有嘉树，植自滇域。天集紫巧，地孕殊色。抽神缄与鬼秘，宛葩刓而萼刻。诡状异态，莫之省测。或如粉傅，或如珠串，或如磬圆，或如榴灿，或如赤玉盘，或如绛纱幔，或如鹤顶之丹，或如火齐之干。棱棱兮翠叶，是谁兮匀剪？缕缕兮金粟，是谁兮穿丝？既逐瓣兮心分，复惹烟兮条㥏。

其未开也，扶疏磊砢，葱葱青青，疑桂树之冬荣；迨既开也，鞞鞢陆离，煌煌赩赩，恍飞霞之烂漫。邈东皇之朱辔兮，绝朋援而先芳。冒雪霜而吐艳兮，适蝶冻而蜂僵。眇南枝之纤素兮，占春林而倔强。矧阴晴之靡定兮，逞丽质而相佯。

尔其朔风飘飖，乍起乍伏，旖旎婀娜，辟彼飞燕，则昭阳之妖舞也；薄暮霏微，溟蒙沾洒，淋漓绛玉，辟彼太真，则华清之洗沐也；晴曦斜照，扬辉荡采，掩映光华，辟彼西施，则越溪之浣纱也；皓雪飞飏，揣封营积，缟庄艳冶，辟彼文君，则临邛之新寡也；震苞倏撼，披靡幡缅，秀堕芳躁，辟彼绿珠，则金谷之坠楼也。群芳渐沮，不知所营。

香兰之艺楚畹，丛桂之生淮南，芙蓉之名益都，牡丹之盛雒园。与夫海棠芍药，桃李山矾，或体裁婀娜，或标格瘦清，或摧砭冰雪，或移落风尘。恧朝蕤而夕谢兮，节歘变于冬春。尟名葩之冠绝兮，岂望平等伦！

若乃画阁云连，彤轩樾荫；参拟平台，别开三径；倚绯英之玓瓅，与交疏而相映；绿筠翠柏助其精神，朱丝玉笛添其风韵。于是，布几筵，集宾客，呼妙妓，燕良夕。曳文縠以翩跹兮，戴金摇之晧晔。扬兆里之遗声兮，昭阳阿之清越。杂兰羞以兼御兮，饮琼饴之仙液。笑簪朵于云髩兮，颓玉山而未歇。

若夫幽崖古刹，岞崿之巅，荒店孤村，寥廓之地，野况凄凉，一株衰植，寄秾艳于清冷，发辉光于憔悴，卒使孤赏者握管而沉吟，趣行者绁马而留滞。缅香亭之宠渥兮，与倾国而交欢。洎蕃禧之表识兮，名历世而罔刊。胡奇英之俶诡兮，委炎方而自安。良璧产于荆山兮，呙氏抱而长叹。骐骥困于虞坂兮，望伯乐一盼之为难。慨遭逢之有数兮，效达人以自宽。岂知希之自贵兮，养寿命于岩峦。

乱曰：姑射仙人霞绡帔，乘风倏而滇云至。爱此山川恣游戏，化作花神显灵异。贲隅之种亦奇特，比之迥然霄壤别。格外丰姿岂易貌，抽毫谁是茂陵客？移栽上林不可得，留与西南壮颜色。

简说

《山茶花赋（并序）》选自《滇志》，作者为明代云南著名文士唐尧官，晋宁人。该文从多角度描写了云南山茶的奇形异态，把山茶与其他名花作对比，使山茶特质更加鲜明，而且赋予山茶居逆境而自宽的独特性格，寓意深远，耐人寻味。

盘龙寺

（明）唐尧官

野寺盘龙古，登临二月天。山门遥对海，石壁澹生烟。
净域三乘近，梨花一径偏。何当谢尘鞅，于此奉金仙。

简说

《盘龙寺》选自《云南古代诗词选》，作者唐尧官。该诗描述了诗人登临昆明盘龙寺所见壮美之景，表达了诗人渴望超脱尘俗的愿望。

武定狮山

（明）江盈科

闲来纵目万山头，怀古悲歌不自由。
燕市兵威从此振，金陵王气付东流。
龙颜去国八千里，鹤发还朝四十秋。
往事不须论得失，楚弓原是楚人收。

简说

《武定狮山》选自《滇志》，作者为明朝万历年间奉命恤刑滇黔的湖南文士江盈科。该诗登高怀古，诗人由武定狮山而联想到明代建文帝流落狮山的历史掌故，表现了诗人对人生得失的新思考。

五华秋望

（明）沐昌祚

携宾闲上梵王宫，一望遥天眼界空。
昆海远流当槛外，华山清影落杯中。
秋光浩荡来孤鹜，野色苍茫送去鸿。
陪坐小楼分短韵，西南风景兴无穷。

简说

《五华秋望》选自《滇志》，作者为明代黔宁王沐英的八世孙沐昌祚。全诗描述诗人陪客人游览五华山的情形，风景如画，赋诗风雅，抒发了诗人热爱自然、热爱家园的真挚情感。

烟湖草阁行

（明）王元翰

君不见，抚仙湖之长百里，碧波浩淼潇湘水。
就中据胜者属谁，髯翁坐啸空濛里。
有阁有阁何潦草，断松缚竹覆茅槁。
熄轩四面受玲珑，回避红尘不用扫。
群峰列屏手可招，澄湖拂镜点轻舠。
雨渡山空翠欲滴，风翻浪起雪为涛。
山翠雪涛观不足，别有肺肠矢勿告。
壁上常悬太古音，巍巍洋洋三弄曲。
曲罢微醺高枕眠，醒来蝶翅犹翩翩。
摊书更会古人意，读至心开眼抽刺。
屋角蹲然一钓矶，丝竿牵动鹭鸟飞。
荆妻稚子相潮讯，床头酒熟待鱼肥。
西山衲僧邀题名，南邻野老频争席。
扁舟洲唱水云中，肯逐轻薄图冷炙。
君不见，东陵翁，学种瓜。
杜公堂，在浣花。
人生奔役何时已，不如栽桃满谷蒸红霞。
任尔渔郎透消息，桑麻鸡犬自为家。

简说

《烟湖草阁行》选自《凝翠集》，作者是明代云南宁州（今云南华宁县宁州镇）著名文士王元翰。该诗描写诗人与朋友游览抚仙湖的所见所思，赞美抚仙湖的美景，表现了诗人洁身自好、渴望归隐田园的情怀。

山茶花一百韵序

（明）邓渼

滇茶甲海内，种类之繁至七十有二，其在省城内外者尤佳。予以庚戌岁按部，事竣驻省候代。时值冬末春初，此花盛开，名园精舍，间获寓目。烁日蒸霞，摛文布绣，火齐四照，云锦成帷。信天壤之奇观，品物之钜丽也。

昔人谓此花有七绝，予以为未尽其美，有十德焉：色之艳而不妖，一也；树之寿有经二三百年者，犹如新植，二也；枝干高竦有四五丈者，大可合抱，三也；肤纹苍润，黯若古云气樽罍，四也；枝条黝纠，状似尘尾龙形可爱，五也；蟠根兽攫，轮囷离奇，可凭可枕，六也；丰叶如幄，森沉蒙茂，七也；性耐霜雪，四序常青，有松柏操，八也；次第开放，近二月始谢，每朵自开至落，可历旬余，九也；折入瓶中，水养十余日不变，半含者亦能开，十也。此皆他花所不能全者。

因考唐人以前，此花独不经题咏，以僻远故不通中土，遂使奇资艳质沦落无闻；近代有作，率多不能为此花传神。暇日，因戏为百韵诗一首，牵缀比拟，未免儿态，庶几为兹花吐气，传之四方，或有采焉。

简说

《山茶花一百韵序》选自《滇志》，作者是明代曾任云南巡按的江西文士邓渼。该文叙述了作者创作《山茶花百韵诗》的经过和原因，其对茶花十德的概括，赋予了山茶花更加丰富深沉的文化内涵。全文语言凝练准确，生动传神。

止止园记

（明）木增

宁山之麓有地一区，余架屋三楹，周以缭垣。何以命名？名曰“止园”。土肥既宜于种莳，泉甘亦优于灌溉，欲取天地自然之利，安辍人事树艺之功。

相彼时宜，乃命臧获。爰分畛畷，俶载犁锄，或种春初早韭，或播秋末晚菘。参、蓍、枸杞广布之，以充药囊；栌、橘、梨、梅遍植之，以供笾实。圃余空旷，何废游观？乃凿习家之池，更开蒋诩之径。三竿四竿之竹，翠影摇空；一寸二寸之鱼，金鳞耀日。绕篱则有延年之菊，出水则有解语之花。

斯时也，或邀契友，或拉头陀，剪园葵以供馔，聚稚子以兴歌。绎《德充符》之至言，会漆园之奥旨，思澄水之可鉴，觉驰神之自止。因象达意，即境会心，则鸟啼花落，无非止机；日升月沉，要皆止象。如是而涉世无粘壁之枯，处心无逾坎之燥矣。

简说

《止止园记》选自《丽郡文征》，作者是明代丽江土知府木增。该文叙述作者精心布置经营园圃的经过，描写作者闲适自在的隐居生活，表现了作者热爱自然、崇尚本心的高雅情趣。

浪淘沙

（明）木增

遁隐雪山深，一操瑶琴。山猿野鹿识无心，藤榻高眠殊自得，抱膝长吟。

午憩柳溪阴，道侣相寻。黄庭一卷伴幽林，椤散无拘心活泼，一醉开襟。

简说

《浪淘沙》选自《滇词丛录》，作者木增。全词描写作者隐居雪山的悠闲生活，表现了词人融于自然、无拘无束的高雅情怀。

风节亭

（明）王锡衮

兀坐风节亭，万苦日日至。
焚香告皇天，堕我烈皇泪。
新君飞海甸，畀臣恢剿事。
臣衮血性存，封疆惭大吏。
闺中弱息流，饶有须眉志。
臣衮复何言，安能死魑魅。

简说

《风节亭》选自《明滇南五名臣遗集》，作者是明末楚雄禄丰文士王锡衮。明朝末年，云南社会动荡，土酋沙定洲作乱，挟持王锡衮，王锡衮作《风节亭恭记》并以诗明志。《风节亭》诗描写了在国家危急之际，作者遭人陷害的情形，也表达了作者身不由己的痛苦和愤懑。

金陵怀古（其四）

（明）苍雪

石头城下水淙淙，水绕江关合抱龙。
六代萧条黄叶寺，五更风雨白门钟。
凤凰已去台边树，燕子仍飞矶上峰。
抔土当年谁敢盗？一朝伐尽孝陵松。

简说

《金陵怀古（其四）》选自《南来堂集》，作者是明末清初被誉为“滇南第一诗僧”的苍雪。诗人看到六朝古都南京城的壮丽景象，不由得联想到历史的兴替，自然流露出作者对旧王朝的眷恋和对新朝的不满。

辛卯除夕

（明）文祖尧

送腊曾无酒，冲寒独有梅。
一年今夜尽，万里几时回。
入望云山阻，伤情岁月催。
愁心视炉炭，相对欲成灰。

简说

《辛卯除夕》选自《明阳山房遗诗》，作者是明代云南呈贡著名文士文祖尧。该诗描写作者除夕佳节还宦游在外的愁苦，饱含深深的思乡之情。

侠客行

（明）担当

遇着便倾囊，街头酒一觞。
与君相许处，腰下剑生光。

简说

《侠客行》选自《脩园集》，作者是明末清初云南名僧担当。此诗塑造了一个只要意气相投便可生死相托的豪侠形象，全诗语言简明，形象逼真。

传衣寺古松

（明）担当

法物何愁朽，千秋此一枝。
身癯因土瘦，色淡为春迟。
有骨才堪老，非枯不见奇。
活龙来与斗，牙爪两堪疑。

简说

《传衣寺古松》选自《橛庵草》，作者担当。诗人对鸡足山传衣寺古松进行了细致观察，生动地刻画出古松瘦劲清奇的特点，赋予古松鲜明的形象气质。

自赞

(明)担当

担当老，担当老。足健而跛，目健而眇。口似簕弓，手如鹰爪。须弥非大，芥子非小。好则也好，了则未了。法席掀翻，禅床推倒。且在粪堆里打眠，漆桶中洗澡。遇富贵若避冤仇，见烟霞如获至宝。本来面目，有甚奇巧？莫与人知须悄悄。渴来时茶一瓯，饿来时饭一饱。不担不得，担之不甚草草。漫言结社参禅，且学敲门贾岛。

简说

《自赞》选自《橛庵草》，作者担当。该诗用禅宗自赞诗的形式，表现了诗人独特的人生观、世界观和价值观，充满了浓厚的禅趣。

玉溪杂兴（其一）

（明）雷跃龙

坐卧玉溪沙畔，啸歌白石江边。
树头树底秋色，桥北桥南晚烟。

简说

《玉溪杂兴（其一）》选自《玉溪文征》，作者是明代云南玉溪高仓著名文士雷跃龙。这是一首六言诗，描写了深秋傍晚的景色，画面鲜明、形象生动，反映了诗人游览玉溪时的愉快经历，表达了诗人悠闲自适的生活情趣。

登鸡山顶

（明）陈佐才

风吹石磴若猿号，鹤老飞天不觉劳。
只谓此山高莫比，谁知吾更比山高。

简说

《登鸡山顶》选自《石棺集》，作者是明末清初云南大理蒙化（今云南巍山）文人陈佐才。全诗生动描绘了鸡足山的险峻，由此引发了作者人比山高的豪迈情思，全诗语言浅近，情思动人。

乱后怀友

（明）陈佐才

放情何处好，溪外野云屯。
柳树连三里，桃花共一村。
诗朋常抵户，酒友不离门。
叹息兵戈后，而今我独存。

简说

《乱后怀友》选自《云南历代诗词选》，作者陈佐才。诗人回忆战争前与友人欢聚的热闹情形，又描写战后独存的孤苦境遇，充满了对朋友的悼念和对战争的怨愤。

大 理

（明）何蔚文

西洱风涛胜大江，百蛮洗甲久争降。
人传双鹤拓斯地，天以五色开此邦。
雄压龙关通玉帛，香闻佛土拥旛幢。
点苍红遍茶花坞，樵径山歌唱僰腔。

简说

《大理》选自《浪楂集诗文》，作者是明朝云南大理洱源文士何蔚文。全诗用凝练的语言概括了大理的历史、地理以及文化特征，内容丰富，情感深沉，耐人寻味。

春日北征途次有怀

（明）禄洪

千山迷故国，万里赴都城。
夜夜闻鸡舞，朝朝祭马行。
鸟啼乡思动，花拂剑光生。
一洗腥膻净，齐歌奏凯声。

简说

《春日北征途次有怀》选自《北征集》，作者是明代云南宁州（今玉溪华宁）土官禄洪。该诗写于崇祯年间，建州女真入犯，禄洪率领土兵北上勤王之时，诗中描写了军旅的艰辛，表达了作者忠心为国、渴望建功立业的豪迈情怀。

久病山居有感

（明）禄洪

回顾浮生自感伤，何心将相与侯王。
谷幽自觉乾坤小，山静其如岁月长。
误会仙姬惟阮肇，苦寻松子独张良。
漆园傲吏同携手，归去无何别有乡。

简说

《久病山居有感》选自《北征集》，作者禄洪。诗人久病难耐，回顾人生浮沉，不觉生发出人生苦短的感伤，表现了诗人对自由、宁静生活的向往。

旋师谣

（清）文化远

云南酿大乱，天子劳重兵。百万困滇城，城下兵益精。
六旗既归汛，八旗尽还京。检点食粮簿，十不损一丁。
间余老弱亡，非关死战争。圣武日以昭，皇舆日以清。
放牛复归马，橐技谁为惊。云胡反侧流，旄猊重器盈。
三年克甚易，三年迁匪轻。不有禁旅留，无由总其成。
将军与统制，贤者不须行。宝玉毋尔爱，娥眉毋尔萦。
一旗撤千甲，八千皆有名。刓印为镇安，休兵及养民。
百姓鸡与豚，曡曡献军营。汉兵犬与马，效顺各投琼。
佥曰十年驻，边境绝粉更。一朝玺书降，四海无我撄。
咨尔擐甲士，暴露苦久征。酬此戡乱劳，铙歌须有声。
天恩邈何及，闻语泪纵横。泪感我皇德，亦畏我皇明。
四载在滇服，行伍如编氓。强寇昔仇敌，今谊等舅甥。
呼吸与痛痒，不平互为鸣。竖儒昔俘卤，今分俨师生。
尧舜周孔书，讲诵徹棋枰。滇民昔至愚，今舌如调鹦。
利孔纲罗尽，投靠不须耕。大哉王者师，固结谁能倾。
旨严立就道，相顾目皆瞠。将军且被遣，兵符夺朱甍。
未与画麟赏，先同走狗烹。儿郎慎结束，敢再滞规程。
鬼妾已生子，鬼马已系缨。乘马抱吾儿，万里路亦平。
所苦恩爱多，弃捐轨渝盟。来滇味若荼，去滇趣则饧。
不如城下时，旋师车马轰。又况军书指，有目同无睛。

南北与东西，吾侪何权衡。更闻方岳辈，上书达边情。
去留俱有命，予命岂茕茕。行矣各努力，著地皆弟兄。
犹喜无战功，名不列韩彭。

简说

《旋师谣》选自《晚春堂集》，作者是清代云南呈贡著名诗人文化远。康熙二十一年（1682 年），朝廷命令定远将军彰奉、征南大将军赖塔从云南班师回朝，留绥远将军蔡毓荣任云南总督。该诗即详细记述此次政治事件，描写了驻滇军人长期滞留，已在云南娶妻生子，生活安稳，然而突降皇旨，仓皇班师的情形。

武风子传

（清）方亨咸

武风子者，滇南之武定州人也，名恬。先世以军功官于卫，恬以胄子，少学书，已弃弗学。性好闲，不谋荣利。嗜酒，日惟谋醉，箪瓢屡空，晏如也。凡游艺杂技，过目即知之。

滇多产细竹，坚实可为箸。武生以火绘其上，作禽鱼花鸟，山水人物，城门楼阁，精奇鬼工，人奇之。每得其双箸，争购钱数百。于是武生之交戚贫者，因以为利。生顾未尝售也，颇自矜重。一箸成，辄把玩不释，保护如头目。或醉后痛哭，悉焚之，醒复悔，悔而复作，然靳不轻与人。好事者每瞷其谋醉时，置酒招之，造必尽欢。酒酣，以火与箸杂陈于前而不言。生攘臂起，顷刻完数十筹，挥手不顾也。或于酒中以箸相属，则怒，拂衣出，终身不与之见。或遇寒士及释道者流，告以困穷，辄忻然为之，虽累百不倦。于是滇之士大夫相馈遗，皆以武生箸为重。王公大人游于滇者，不得武生箸即不光。

生固落落儒生耳，未尝以风子名。丁亥之岁，流贼从蜀败奔，假号于滇，滇士民慑于威，披靡以从。生独匿深箐中不出。贼于民间见其箸，异之，遍召不得，因悬赏索之。或告曰："曷出以图富贵？"生大笑曰："我岂作奇技淫巧以悦贼者耶？"侦者闻于贼，系之来。至则白眼仰天，喑无一语。贼命作箸，列金帛于前，设醇醪于右，以诱之，不应。陈刀锯以恐之，亦不应。贼怒，鞭挞而释之。斯时生亦尚未以风子名也。未几，中原板荡，南都再陷之，恶耗传闻到滇，而生自此病矣。披发佯狂，垢形秽语，日歌哭行肆中，夜逐犬豕与处，人遂皆呼"武风子、武风子"云。

及王师定滇，某贵人召之至，属为之箸。风子曰：“昔孙可望不过一流寇耳，与我无仇，虽以刀锯胁我，我尚不为，况今者公与我有君国之仇者乎？头可磔，手可断，而箸则不可为。”贵人怒，挞之于庭，血流体溃，终不应。贵人益怒，挥斩之，缚至市曹，而神色自如，终无一语。时贵人有侍侧者曰：“腐鼠何足膏斧钺？曷纵之，徐徐当自是逞其技也。”释之，自此武风子之踪迹无定矣。或琳宫梵舍、市肆田家，出入无时，于是其箸可得而不可得矣。

余尝见其箸，岳武穆朱仙镇大捷图、陆秀夫抱主投海图、凌烟阁功臣图者，箸粗仅及绳，而旌旗铠仗、侍从卫列无不毕具。至秀夫之悲怆状态，描摹备肖，睹之尤足令人生感。其画细如丝，深绀色，入竹分余如缕。武定太守顾舆山为余言，其作箸时，削炭如笔数十，置烈火中，酒满壶于旁。伺炭末红若锥，左执箸，右执炭，肃肃有声，如蚕食叶，快若风雨，且饮且作，壶干即止。益之复作，饮不用杯杓，以口就壶，不择酒，期醉。醉则旁火而卧，或哭或歌，或说论语经书，多奇解。而尤喜朗诵《采薇》诗、《正气歌》诸篇。及醒而问之，则他呓语以对。或正作时，酒未尽忽不知其所往，逾数十日或数月忽来，复卒成之。其状貌如中人，年近六十余，拜揖跪起无异，惟与之语，则风子矣。或曰：“非病风者也，狂人也。”或曰：“其有道者欤。其心有所事，而隐于风者欤。不然，何富贵不淫，威武不屈耶？”余于是作《武风子传》。

简说

《武风子传》选自《滇南碑传集》，作者是清初安徽桐城文人方亨咸。该文是滇南竹箸艺人武恬的传记，文章选取武恬生平中的几个典型片段，生动刻画了武恬制箸的高超技艺和倔强性情，人物形象极其独特鲜明。

斡尔朵怀古

（清）王思训

古城一片夕阳红，禾黍油油旧别宫。
箫鼓冷沉孤岛月，佩环香剩野堂风。
诗传铁立悲宗女，冢傍金陵吊上公。
目断当年歌舞地，闲花野鸟乱春丛。

简说

《斡尔朵怀古》选自《滇诗丛录》，作者是云南清代昆明文士王思训。“斡尔朵”，蒙古语，宫殿之意，距今昆明五里多，为元朝云南行省第一任长官赛典赤墓冢所在地。该诗描绘了元代遗宫的荒芜景象，回忆了元朝赛典赤和阿盖公主的事迹，饱含对历史盛衰兴废之思。

蝶恋花·蝴蝶树（并序）

（清）高奣映

株质刮铁，其黑理多徽黯痕，痕点圆若楮实，其叶翠阳而绿阴，状类蒲葵，大则仅一菱茨钱，孟夏初入，卷如兔目；数日后，又似鼠耳；更旬，始规圆；又更旬，叶颠乃锐。四月则花，其色近鹅乳雏，渐开渐白，盈树皆蝶矣。方以类聚，而蝴蝶亦联翩五色毕集，花蝶缤纷，观众蘧然莫辨。树动叶惊，方知飞者为蝶，惜无香为一恨。

刻玉雕香难做处，明月丛中，剩鹧鸪几树。栩栩梦边飞无数，蘧蘧不记来时路。

多是耽花情未了，变朵花仍与，蝴蝶肖似。雨过紫城天若妍，晴岚又锁苍山去。

简说

《蝶恋花·蝴蝶树（并序）》选自《妙香国草》，作者是清代云南著名文士姚安土司同知高奣映。该词深情描写了大理蝴蝶泉边的蝴蝶树，描绘了蝴蝶泉边动植物融为一体、梦幻迷离的神韵。

大观楼长联

（清）孙髯

五百里滇池，奔来眼底，披襟岸帻，喜茫茫空阔无边。看东骧神骏，西翥灵仪，北走蜿蜒，南翔缟素。高人韵士，何妨选胜登临。趁蟹屿螺洲，梳裹就风鬟雾鬓，更蘋天苇地，点缀些翠羽丹霞。莫孤负，四围香稻，万顷晴沙，九夏芙蓉，三春杨柳。

数千年往事，注到心头，把酒凌虚，叹滚滚英雄谁在？想汉习楼船，唐标铁柱，宋挥玉斧，元跨革囊。伟烈丰功，费尽移山心力。尽珠帘画栋，卷不及暮雨朝云，便断碣残碑，都付与苍烟落照。只赢得，几杵疏钟，半江渔火，两行秋雁，一枕清霜。

简说

《大观楼长联》选自清代梁章钜《楹联丛话》，作者是清代昆明布衣孙髯。该联上联写滇池美景，大气磅礴，美不胜收；下联写云南历史，精练概括，寓意深刻。全联 180 字，内容丰盈，结构精巧，意味隽永，开创了我国长联创作的先河，被誉为“海内第一长联”。

题　画

（清）钱沣

昔闻庄生说马蹄，患极烧剔整与齐。
野人释耒束簪绂，形则贵甚心酸嘶。
栈豆满前不敢顾，此情独与知心语。
短衣欲背北风行，胡为顾我泣吞声。
世间纵少扬州鹤，饶有天公付饮啄。
千金费尽学屠龙，几年骨朽厌朝凤。
何况所见唯凡马，途尘纸墨为此画。
门径强拖苏与韩，田中刍狗嗟谁看？

简说

《题画》选自《滇南诗略》，作者是清代云南昆明著名文士钱沣。该诗从题画入手，以马设喻，借骏马的艰难遭遇，写出自己沉浮宦海的艰辛，表达了不愿为官的愤懑之情。

题陶靖节集后

（清）袁文典

先生何所有，种得门前柳。
犹恐荒三径，不为折五斗。
高卧北窗风，醉饮东篱酒。
餐英采黄华，赋诗娱白首。
临流兴自清，酬觞人不偶。
第得琴中趣，挥弦不在手。
第会书中意，求解不在口。
君醉五柳树，我渡三峡川。
羲皇以上人，魏晋能有否？

简说

《题陶靖节集后》选自《云南古代诗词选》，作者是清末永昌（今云南保山）文士袁文典。该诗是作者读陶渊明诗文后有感而发的作品，诗中大量使用陶渊明的诗文典故，表达了对陶渊明生活方式的仰慕之意。

拟古从军行

（清）龚锡瑞

从戎二十执戈殳，百战余生胆气粗。
饮马长江休照影，恐惊霜雪上头颅。

简说

《拟古从军行》选自《簪崖诗集》，作者是清代云南大理赵州（今云南弥渡）文士龚锡瑞。该诗塑造了一个长年征战沙场、不顾年长、英勇杀敌的勇士形象，情感豪迈激越。

秋 水

（清）师范

澄澄如练碧，天压一江秋。
乍觉吴枫冷，翻怜楚竹幽。
明霞红蓼岸，凉雨白萍洲。
回首榆河侧，清光映十楼。

简说

《秋水》选自《滇南诗略》，作者是清末云南大理赵州（今云南弥渡）人师范。诗中描写诗人迷恋眼前所见美景，转而思念起故乡的景物来，思乡之情溢满文字。

阅菊河倡和诗集怀寄庵

（清）程含章

平生重声气，吝此心膈肝。
闭户时独处，古人相与还。
寄庵古君子，想象经十年。
春风过蒙乐，雨润桃花鲜。
斗酒清溪侧，来往新诗篇。
皋兰一臭味，云鹤同翩翩。
秋风吹太急，隔在东西偏。
君醉五柳树，我渡三峡川。
临风怀珠玉，出之行箧间。
停杯时一读，灿烂光容颜。
瓜江烟漠漠，巴水月娟娟。
中宵屡入梦，犹在玉屏山。

简说

《阅菊河倡和诗集怀寄庵》选自《程含章集》，作者是清代云南景东著名文士程含章。该诗叙述了诗人与好友刘大绅的诗文交往经过，如今为官异乡，友人分隔，表达了其对朋友的深切思念之情。

杂　感

（清）杨昌

太白流夜郎，东坡谪儋耳。
退之贬潮州，升庵戍金齿。
子美与放翁，客蜀几老死。
茫茫千年间，落落数君子。
经济未尽施，志节坚自矢。
才是造物生，坎坷又如此。
想当生才时，造物必有以。
温酒再酹之，冻雪洒窗纸。

简说

《杂感》选自《滇南诗略》，作者是清代昭通鲁甸贡生杨昌。该诗概述了李白等许多古代著名文人的不幸遭遇，表达了作者对造物弄人、命运不公的愤慨之情。

读　书

（清）马子云

人生一世间，及壮当有为。
虽无济时策，心与古人期。
古人忧斯世，今人忧己私。
愿言谢流俗，往籍皆吾师。

简说

《读书》选自《雪楼诗选》，作者是清末云南丽江著名诗人马子云。诗中表达了诗人以读书励志、读古书同古人为友的志向，表现了诗人对读书的热爱和对知识的渴望之情。

下第归至武陵泛舟桃源

（清）王黉

逐逐风尘已瘁形，泊舟小立独开舲。
八千里路人来远，廿四滩头我又经。
溪水渐添前渡碧，江山不减旧时青。
桃源一笑匆匆过，鸡犬云中隔岸听。

简说

《下第归至武陵泛舟桃源》选自《滇诗丛录》，作者是清代嘉庆年间举人王黉，云南大理云龙人。该诗描写了作者科举落第后的失落与怅惘，形象生动，情感真挚细腻。

大理风

（清）杨载彤

大理之风，吾不知其何以如此高，但见掘堁扬尘冲云霄。飘忽泖滂彻昼夜，日月朦胧天地摇。雷声呟呟起蘋末，园林群木皆叫号。前者唱喁后唱于，恍如开场为市纷喧嚣。吹落苍山十九峰头雪，荡翻洱水十八溪门潮。鲲鹏之飞尚不敢举，回穴乘陵愁。猿猱麋鹿惊奔走，天吴罔象东西跳。岩颠美玉绿欲堕，海底珊瑚红暗凋。龙女闭户织鲛绡，仙人扃洞煎药苗。惟有悲乌求反哺，将飞还止音哓哓。复闻征马嘶，路阻空咆哮。

大理之风，吾不知何以如此之高，使人毵毵疏发毛。传说有云望夫婿，云若起时风疾至。拍天波撼老蛟宫，石骆长呼翻艨艟。一年一相见，登时云卷风回旋倚玉局峰。

此语幻诞而难宗，儒生格物，可观其通。点苍镇坤位，先天为巽宫。卦合母女，体具雌雄。吐纳造化，嘘翕洪涛。人无移山力，岂能转神功？大理之风，吾不知何以如此高。请从列子凭虚而御，以混合清气于昊穹。

简说

《大理风》选自《嶰谷诗草》，作者是清末云南文士大理喜洲人杨载彤。该诗使用夸张的手法和神奇的想象，描述大理下关风的雄壮气势，表现出了下关风的独特风貌。

水调歌头·斋中读书

（清）戴絅孙

孤愤向谁语？独立自悲秋。古今多少成败，忠佞不相谋。憔悴灵均屈子，痛哭长沙贾傅，同抱杞天忧。直道任三黜，未肯曲如钩。

岩野筑，渭滨钓，感殷周。一般梦里，良弼偏应哲王求。但莫帏充粪壤，自有田芳兰蕙，味只别薰莸。怀古一长喟，重和畔穿愁。

简说

《水调歌头·斋中读书》选自《味雪斋诗文集（附词）》，作者是清末昆明文士戴絅孙。该词为作者读史有感之作，词中罗列屈原、贾谊、姜尚等历史人物的遭遇，抒发了怀古之感。

岁行尽矣，舟次无憀，作家山好（其一）

（清）戴絅孙

为忆家山好，城春逼岁华。
镫回楹贴换，饵熟灶烟斜。
白酒开香糯，青松幂晚花。
群芳谁第一，雪意上红茶。

简说

《岁行尽矣，舟次无憀，作家山好（其一）》选自《味雪斋诗文集》，作者戴絅孙。诗中记录了春节前夕，诗人漂泊异地，思念家园的情形，亦描写了云南民风民俗，兴意盎然。

宿太华山

（清）王寿昌

暝色横空来，天水成一色。
墨浪翻渔灯，湿岚压古殿。
半塌下寒碧，高枕倚葱茜。
人静山愈深，悠然有余善。
树声吠凉月，石影触斜汉。
僧归鹤不惊，岩寒云犹恋。
坐久楼台迥，夜阑景物变。
万象涵虚清，一气返冲淡。
疏钟响遥峰，松露正盈院。
披衣立空蒙，乾坤静如鉴。

简说

《宿太华山》选自《眉仙集》，作者是清末云南丽江永胜文士王寿昌。此诗描写了作者夜宿山中静谧会心之境界，深山静夜，万物自在，内心丰盈自然。

武侯祠联

（清）赵藩

能攻心，则反侧自消，从古知兵非好战；
不审势，即宽严皆误，后来治蜀要深思。

简说

《武侯祠联》选自《楹联丛话》，作者为清末云南著名学者大理剑川人赵藩。该联是清光绪二十八年（1902 年）作者为四川成都武侯祠所作楹联。上联写作战攻心的用兵良策，下联写因势用权的治国之道，全联概括诸葛亮用兵治国思想的精髓，思想深邃，意味深长。

云峰山歌

（清）尹艺

君不见，云峰之高丈八千，巍峨一柱插南天。天梯陡立无盘旋，铁絙石磴相钩连。白鹿留踪始何年，氤盈灵气笼山巅。金阙无上元又元，九天阊阖环云烟，群真入觐鸾鹤喧。前则智光斗姆奎壁联，后则青牛老人雪双肩。左则白衣大士座涌莲，右则朱衣夫子笔如椽。纯阳接引往来缘，饮以玉液金井泉。不流不竭清且涟，有时赫濯声灵传。雷公振振轰阗阗，电母扫殿掣金鞭。风伯怒吼山欲骞，黑虎黄虎来参禅。我欲凌空朝帝前，风为马兮云为軿，龙驾车兮行蜿蜒。钧天乐奏兮玉女按弦，六铢飘举真欲仙。低头下视星斗佘，诸天咳唾玉珠圆，一小众山心豁然。

简说

《云峰山歌》选自《民国腾冲县志稿》，作者是清末云南腾冲著名文人尹艺。该诗歌颂腾冲道教圣地云峰山，诗中以奇特的想象描写了神仙的聚会，表达了对云峰山的崇敬与热爱。

中甸古城

（清）吴自修

中甸城高北斗间，诸峰缭绕水湾环。
阖厅食汲伏龟井，比岁安酬舞凤山。
雪岭晴明霞一片，金江风起浪千般。
边民乐化平无事，濯足振衣尽日闲。

简说

《中甸古城》选自《新修中甸厅志书》，作者是清代光绪年间担任云南中甸厅（今香格里拉）同知的吴自修。诗歌描述了中甸古城的地理风貌和当地人民的生活状况，表达了对天下太平、人民安居乐业情形的赞美之情。

异龙湖歌

（清）袁嘉穀

天下龙昭昭，石屏独称异。放舟异龙湖，谈龙殊有味。东出屏城隅，龙势蟠天际。南北拱丫山，五色嘘龙气。乾坤水浩浩，龙窟四十里。今古云悠悠，龙寿千百岁。前山锁龙湾，是为龙之喙。孤亭化龙桥，是为龙之尾。五爪攫清波，是为龙之臂。莱峰长亘天，是为龙之背。

龙异异于外，我今异其内。龙气化为云，龙兴云自起。云气化为文，云兴文自蔚。钟灵挺异人，英声远且炽。亨祐朱宝翼，奇功守大瑞。月槎鸿词学，高文惊九陛。孤忠不留名，杨李二都尉。匹夫筑一城，虚白千年计。经学叹邹鲁，海楼师传弟。丈尺飞白书，煦庵父传子。丹木诗韩苏，许朱踵相继。将军龙在田，史传称勇毅。齐人知管晏，虽讥我弗避。

一歌第一异，赓载歌其二。扬鞭八抱河，气吞大千界。斑鸠坡上月，九龙江中水。络绎商懋迁，阛阓工居肆。茶山唐榷征，盐井周司会。迤南大坤舆，有地无不至。直以诗书泽，泽及远人裔。直以冠带化，化及椎髻华。直以政治才，指挥土宣慰。相安数百年，主客同一利。相戒亿万心，主客同一义。吁嗟我屏人，勋泽何滂沛。既邀地媪灵，勿任山鬼睇。蕞尔葫芦国，银坑久捐弃。英英吴尚书，矿业寓边备。边备之所关，谋国敢轻议。

川流异第三，物产异第四。两河分南北，西流合一派。直下富良江，斜入安南海。独有异龙湖，东流走粤桂。珠江源数十，论远此为最。斗大一州水，两海各分配。地势固崇高，天公亦狡狯。三台元柏老，诸天宋塔圮。松杉含秋青，杨柳春拂翠。骚人引吟兴，酒客惯酣醉。独有异龙湖，席草尤珍贵。菱藻韵流香，鲦鲹珍入脍。花鱼细于指，琼宴甘而脆。疑是龙孙化，食干造物忌。砚石龙肝割，珠泉龙涎沸。韭借秀山传，菜以树头美。器精称乌铜，饭精称紫米。磐磐大坪石，巘镇天南位。龙宫森百宝，城郭永维系。下抚五土司，上属临安卫。中原天尽头，南边惟此地。

忆昔句町王，战功褒汉帝。我屏隶王国，经纶起草昧。忆昔武乡侯，拓边抗曹魏。我屏云现彩，文明占卜筮。元代马黑奴，据土殊睥睨。明代沐平西，屯田真英锐。或辟猛虎林，开山宏树艺。或布棋盘营，界田分经纬。民俗安耕凿，士风敦义礼。家家机杼声，人人诗书契。御冬工旨蓄，有秋储仓箇。婚嫁朱陈村，勋名金张第。穷荒谁开垦，丁口朝中税。华风谁渐被，戊癸日中市。猗欤文献邦，猗欤太平治。流风直到今，天下畴与比。龙兮奏功成，龙兮若可喜。我谓来日长，后生益可畏。

今朝天气清，湖波净若洗。懒云梦猿鹤，香风吟荷芰。棹泊来鹤亭，亭空撑鸟翅。转棹浮石岛，岛小如一篑。渔村茅屋错，龙港水花媚。歌出白浪中，湾入青鱼里。飘飘石壁下，仰望仙人字。屏海祝波澄，劫灰见笔意。葱青芦荻晚，淡荡凫鸥戏。炊烟野人居，板船渔翁睡。工咏异龙湖，我思许太史。工赋异龙湖，我思何其伟。三岛名士文，如读岳阳记。水月寺僧偈，如宣波罗谛。夜灯猓色湾，霜钟广应寺。一鳞复一爪，谈龙不厌细。岂如乖龙乖，埋土徒享祭。岂如亢龙亢，占爻徒有悔。天半腾云雾，岂容屠龙技。人间避烟火，岂容豢龙氏。异龙异如何，苍生待汝济。作歌无异才，聊补石屏志。

简说

《异龙湖歌》选自《敝帚集》，作者是清末云南著名文士红河石屏人袁嘉穀。该诗是描写石屏异龙湖的长歌，诗从游览异龙湖谈龙写起，写到石屏之著名文士、历史文化、山川、物产，最后又以游湖所见景物作结。全诗结构宏伟，内容丰盈而又思路清晰，堪称歌行长诗中的杰作。

祭薛尔望墓

（清）袁嘉穀

天下无明，君心有明。一日君死，千古君生。君一诸生，未升朝右。君曰国亡，匹夫有咎。君生天南，桂王来奔。君曰奔王，实我之君。我义死君，君义死国。君纵得生，我生不得。苴兰城北，古黑水祠。身甘龙食，心惟龙知。妻兮死夫，子兮死父。妇兮死子，婢兮死主。山凄水咽，月愁日暮。净土三尺，惟君邱墓。森森宋柏，表君之节。唐梅朱花，染君之血。呜呼薛君，天柱地维。明史之辉，滇人之师。人孰无死，死须得所。孰不爱生，生无一可。当生而生，当死而死。空山之中，鉴兹清水。

简说

《祭薛尔望墓》选自《卧雪堂文集》，作者袁嘉穀。该作品为追悼明末云南殉国文人薛尔望的祭文，文中追述了薛氏一门壮烈殉国的事迹，歌颂了薛尔望忠君爱国、死得其所的高尚品质。

随黄笛楼司马登青龙山望大盈江赋呈

（清）刀安善

一览众山小，置身绝顶高。
长江流正急，有客兴偏豪。
景好饶秋色，诗成涌暮涛。
生涯何处好，直欲寄渔篙。

简说

《随黄笛楼司马登青龙山望大盈江赋呈》选自《修竹居诗稿》，作者为清末云南干崖（今云南盈江县）宣抚司土司刀安仁之弟刀安善。全诗描述了诗人陪客人登山眺望大盈江的情形，壮美江山增添豪情，清秋美景助长雅兴，抒发了诗人热爱家乡、追求自由生活的的情感。

和顺乡

（清）李根源

其一

烈遗浪叠起鳌峰，和顺人家图画中。
花萼楼头闲徙倚，岭梅临水笑春风。

其二

十人八九缅经商，握算持筹最擅长。
富庶更能知礼义，南州冠冕古名乡。

简说

《和顺乡》选自《民国腾冲县志稿》，作者是清末云南梁河著名爱国人士李根源。该组诗共四首，此处选录其中两首。其一描绘了腾冲和顺乡的美好风光和悠闲生活，其二描写了和顺人民的经商才干和富而知礼的文化品质，抒发了诗人对家乡的热爱和自豪。

缪嘉蕙传

（清）方树梅

缪嘉蕙，字素筠，昆明县人也。其先原籍江南，明初有讳彦德者徙居之，人才辈出，称望族。至嘉蕙父讳某，十六传矣。

嘉蕙聪颖端淑，自幼喜书画，小楷秀健有逸趣，翎毛花卉尤擅场，无闺阁媚弱气。年及笄，适同邑陈氏，亦名阀。婿瑞，名诸生，结缡后数年，病卒。嘉蕙守节，事翁姑孝。翁姑殁，恒倚兄嘉玉。嘉玉，光绪丙子科举人。家计清贫，嘉蕙卖画自给，名噪遐迩。

光绪中，慈禧皇太后悦绘事，诏访海内闺秀之精于书画者，令有司资送入京，供奉福昌殿。嘉蕙首应征车，颇蒙优眷，赏五品服色。顾月俸三十金，即有恩赏，亦弗足用。嘉蕙以余力作画，都人士兼金争购，且有赝作致丰者。

嘉玉时官内阁中书，相与营宅什刹海。宅中御赐团扇、折箑、花卉、春条、鹤虎、福寿等字，璀璨四壁，玉如意、翠凤冠、瑙珠玉带、簪耳、帔裙、克什银锞。宠锡无比焉。

嘉蕙之供奉内廷也，慈禧位诸左右，昕夕不离。并免其拜跪，令宫人以先生呼之。慈禧六旬寿庆，以凤冠霞帔陪宾。朝中命妇，莫不艳羡。故事，宫中每日上食，慈禧独据一席，虽帝后不获与共。惟嘉蕙特蒙共食一次，时人以为殊荣。并于宫内择幽爽所俾居之，不令与诸宫眷伍。一日，方作画，闻慈禧驾至，欲停笔跪迎，慈禧遣宫人抑其肩，勿令起。并命如平昔作画，曰："吾欲观汝用笔也。"然天威咫尺，竟不免矜持，不克如平昔之笔挥墨洒也。慈禧知之，乃命宫人侦报其作画时，潜趋其背观之，勿使觉。若是者数次，尽得其意匠经营之妙，然究不如嘉蕙之自然超隽也。慈禧雅好名，遍大臣家皆有所赐，花卉扇轴，半皆嘉蕙手笔。嘉蕙有供奉画稿，绝精。武进屠太史寄为作叙，极推崇之。

卒民国戊午年某月某日，距生道光壬寅某月某日，寿七十有七，葬故都赵忠愍祠后。高年奇遇，国人咸称“缪姑太”云。方树梅曰：嘉蕙名门女，为名门妇。夫死守节，自字曰“素筠”以见志，其所重岂仅内廷优宠也哉。

简说

《缪嘉蕙传》选自《滇南碑传集》，作者是清末云南晋宁文士方树梅。该文为清末云南著名女画家缪嘉蕙的生平传记。文中简要叙述了缪氏坎坷多艰、忠贞自持、画艺精湛与深受宠眷的一生，抒发了作者对缪氏品节与技艺的赞美之情。

赠江应樑（并序）

（清）龚绥

丁丑之冬，江专员应樑奉令调查云南边地民族，感而赋此，附夷文即希指政。

神州破碎已多年，徼外边民更可怜。
种族大同资整理，曙光一线赖专员。

简说

《赠江应樑（并序）》选自德宏师专江应樑傣族博物馆藏品，题目是编者所加，作者是清末云南南甸（今德宏梁河）宣抚司第28任土司龚绥。该诗从国家现实谈起，把边疆民族生存融入国家发展的大局中理解认识，表达了作者对民族发展兴盛的渴望，对江应樑考察边陲寄予了很高的期望。

参考文献

[1]（汉）司马迁著：《史记》，浙江古籍出版社2000年版。

[2]（汉）范晔著：《后汉书》，中华书局2000年版。

[3]（宋）范成大撰修：《桂海虞衡志》，知不足斋丛书本。

[4]（明）李元阳著：《李元阳集》（诗词卷、散文卷），云南大学出版社2008年版。

[5]（明）杨慎著：《杨升庵丛书》，天地出版社2002年版。

[6]（明）刘文征著：《滇志》，云南教育出版社1991年版。

[7]（明）担当著：《担当诗文全集》，云南人民出版社2003年版。

[8]（清）王崧编纂：《云南备征志》，云南人民出版社2010年版。

[9]（清）袁嘉穀著：《袁嘉谷文集》，云南人民出版社2001年版。

[10] 李根源、刘楚湘主编：《民国腾冲县志稿》，云南美术出版社2004年版。

[11] 龙云、周钟岳等纂：《新纂民国云南通志》，云南人民出版社2010年版。

[12] 方国瑜主编：《云南史料目录概说》，中华书局2013年版。

[13] 方国瑜著：《中国西南历史地理考释》，中华书局2012年版。

[14] 张文勋主编：《云南历代诗词选》，云南人民出版社2002年版。

[15] 张福三主编：《云南地方文学史》（古代卷），云南人民出版社1997年版。

[16] 云南省文史研究馆整理：《云南丛书》，中华书局2011年版。

[17] 云南省文史研究馆纂集：《云南丛书书目提要》，中华书局2010年版。

[18] 云南辞典编辑委员会编：《云南辞典》，云南人民出版社1993年版。

［19］孙秋克等著：《明代云南文学家年谱》，商务印书馆2017年版。

［20］余嘉华、易山主编：《云南历代文选》（传记卷、散文卷），云南教育出版社2014年版。

后 记

作为土生土长的云南人，我对云南的文学创作知之甚少，因而也一直心怀好奇。在攻读硕士研究生学位期间，因撰写学位论文的需要查阅了部分云南古代历史文化的资料，我惊异地发现：云南也有非常悠久灿烂的历史、奇伟杰出的文士、数量巨大的文学作品。惊异之余，我不禁感慨自己生于云南而蒙昧于云南的历史文化。

返回学校从事教学工作后，闲暇间与学生谈起云南古代的文学，年青一代的云南学生们对此更是知之甚少，因为在学生们长期受教育的记忆里，鲜有接触过云南古代文化、文学的内容。于是，我向学校申请开设了“云南古代文学选讲”的选修课，目的是向学生们介绍云南古代的汉文学作家及其作品，自己边学边讲，边讲边学，在讲授中促使自己查阅了更多资料，从中也感受到了云南的历史文化是如此生动，作品是如此亲切。学生在学习中也提了意见，希望这门课有教材，如果没有教材，哪怕有本可供阅读的作品选也好。我实在无法提供教材，因为目前还没有系统完整且适合教学用的云南文学教材，我也无法向学生提供可资参考的作品选，因为目前出版的许多云南古代文学选本类书籍，专业性、学术性和理论性很强，部头也很大，只能推荐给学生自选阅读，却不能作为教学用书，何况自己每次上课能讲到的作家、作品实在太少，于是，我打算自编一本适合于本土教学的云南古代文学作品选。

犹豫再三，我组织人员向学校提交了“云南古代文学选讲”课程教材建设的项目申报书，得到立项。立项后，我更真切体会到了“书到用时方恨少，事非经过不知难”。以前，课程名称是选讲，课程性质是选修，能讲则多讲，不能则止，如今要编选作品，自然得有整体性，而当沉浸在云南古代文学史的长河里才发现，我们确实对云南历史文学了解得太少太少。身处边陲的我们，没有编选著作的经验，搜集资料也极为困难，而选汰取舍更为艰难。反复取舍，反复梳理，我们最终选编了这100余篇诗文。

因水平有限，我们对书稿并不十分满意，书中也难免存在选材不当、舛误之处，更存在着因作品解说过于简略而不尽如人意的遗憾。但是经过千回百转的徘徊，还是决定将书稿付梓，敬请读者批评指正。

编　者

2019年1月